起风了

風立ちぬ

［日］堀辰雄 著

田原 译

湖南文艺出版社
·长沙·

只 为 优 质 阅 读

好
读

Goodreads

起风了,必须尝试活下去。

———保尔·瓦莱里

就是在这样的午后（那是临近初秋的一天），我们任凭你画了一半的画立在画架上，一起躺在那棵白桦树的树荫里啃着水果。流沙一样的云在天空潺潺流动。

我们沿着树篱笆缓缓而行,各种外国品种的花木混杂地长在一起,枝丫相互交错缠绕难以分辨彼此。走近繁密的花木丛,随处可见白色、黄色、淡紫色的小小花蕾含苞待放。

在久久穿越豁然开阔、遍布葡萄园的台地之后,好不容易继续向着山岳地带无止境地攀登时,天空变得更低了。

那些倾斜的村落及肥沃的耕地一览无余，若天气晴朗，在环绕村落的广阔松林上方，还可以望见由南向西的南阿尔卑斯山和两三条山峦的支脉，总是在自己山巅涌出的云雾中若隐若现。

透过小小的窗格子望见湛蓝的天空和宛如鸡冠的雪白山峰，如同从虚空中冒出来一样，出现在眼前。

周边的峰峦、丘陵、松林和山地，一半染上暗红，另一半则渐渐被变幻不定的鼠灰色所掩盖。有时，鸟儿们仿佛恍然想起了什么，在森林上空画出一条抛物线。

导读

美丽的挽歌

田原

（一）

译完小说在整理堀辰雄的年谱时，这才知道他原来就出生在我每周上课的东京千代田区的纪尾井町校区本部附近，"纪尾井町"是从江户时代纪伊德川家、尾张德川家、彦根井伊家三家各取一个汉字而命名的。东京校区几幢分散式的教学楼坐落在这里，二号馆就在堀辰雄的诞生地——平河町。几幢教学楼之间都只有咫尺之遥，徒步也就几分钟的距离。

麴町位于东京千代田区的西部，战前划分为麴町区，是日本现代政治、经济、文化的中心。从我上课的一号教学楼出来往右拐南下,走不到5分钟就是日本的国会大厦,再往前走几分钟就是皇居。周边有上智大学、法政大学、立教大学、御茶水女子大学、早稻田大学等,以及文艺春秋社、讲谈社、思潮社等出版社,也包括供奉着十四名"二战"甲级战犯牌位的靖国神社。麴町一带从江户时代初期就是豪门望族的居住地。明治维新之后,很多碧瓦朱甍的宅邸变成公共设施,如学校、纪念馆、教会、大使馆以及军方的办公大楼等。战后这一带成为幽静的文教和办公区域,也是皇亲国戚、达官显宦们的高级住宅区。

堀辰雄2岁时被受母亲委托的姨母(母亲的妹妹)带出堀家,跟离家出走迁往东京墨田区的母亲生活在一起,之后一直在母亲重建的家庭中长大。因为年幼,他对麴町应该没有什么记忆。以前在撰写日本现代诗的文章时,曾偶然得知诗人蒲原有明、作家武者小路实笃出生在麴町,后来在不少文献资料里也陆续读到一些文人墨客如永井荷风、泉镜花、国木田独步、岛崎藤村、菊池宽、近松秋江、与谢野晶子、高浜虚子等都在麴町居住过很长时间。基于此,可以毫不夸张地说,麴町曾经也是日本现代文学的一个中心。

(二)

堀辰雄在高中时代开始写作并发表作品。1923年，还在高中读书的堀辰雄被查出肺结核，那一年他刚满19岁。之后他与病魔昼夜抗争了整整30年，咳嗽、发烧、咯血、读书、写作成为他的日常。最终与夏目漱石的生命长度一样，他于49岁病逝于长野高原的轻井泽家中。他的大部分作品皆为病中所作。肺结核是一个古老的病种，或许早于人类文明。已经有不少文献披露，从埃及的木乃伊、中国出土的西汉时期的尸骨、日本弥生时代后期的古人脊骨中都发现了结核的痕迹。全世界已经有二十多亿人感染过结核病，至今全球每年仍有一千多万个新发结核病患者，每年有一百多万人死于这种疾病，而且百分之九十以上发生在发展中国家。中国每年的结核病新发患者也有七八十万人之多。从明治维新到昭和前期，肺结核在日本是一种毁灭性的病种，一直占据着日本死亡率的首位。20世纪50年代初，日本每十万人中就有近一百五十人死于这种疾病，以致其被称为"国民病"和"亡国病"。在制造出结核预防针和有效药物之前,这种病魔肆无忌惮地收割生命,因感染性极强,全家覆灭的不在少数。歌人石川啄木一家就是最典型的例子。小说《起风了》就是在这样的时代背景下写成的。

出于健康原因,原文只有五六万字的中篇小说《起风了》耗费3年多才陆续写完。从堀辰雄的大部分作品来看,他似乎更擅长立足于自身经验,然后将其加工、重构、提炼、想象、虚构,进而完成文学性和艺术上的飞跃。换言之,也就是从自身经验出发,抵达或接近小说的物语性和文学的本质。他的不少作品都带有日本私小说的倾向。这一点也是日本近现代文学的共同特点,如川端康成的《伊豆的舞女》、志贺直哉的《暗夜行路》、岛崎藤村的《新生》、田山花袋的《棉被》、三岛由纪夫的《假面的告白》、太宰治的《人间失格》、大江健三郎的《个人的体验》等等,举不胜举。堀辰雄在高中时期创作的短篇《麦秸帽子》就是他因在暑假暗恋上一位少女而创作的,用文字还原了曾在内心萌动的一段苦涩恋情。从他作品的这一特征来看,我不太情愿支持人云亦云的他是受法国心理主义影响的作家这种论调,尽管这种论调已经成为"主流"或"共识",甚或带有它一定的合理性。

我更倾向于三岛由纪夫的论断:"比起(堀辰雄)先生自己所向往的法国近代的心理作家,他更接近北欧的雅科布森那样的作家。"堀辰雄在自己的作品中构筑了融合知性与抒情的独特世界,展现了文学的自然主义,积极、乐观、从容之中又带有挥之不去的悲伤和寂寥,将日本审美意识中的物哀、幽玄、侘寂表现得比较完美。我个人觉得堀辰雄更接近丹麦作家J.P.雅科布森(1847—1885),或者说雅科布森给予堀辰雄的影响或许更大一些。而雅科布森又是深受同是丹麦文艺批评家勃兰兑斯(1842—1927)文学观念影响的作家。从勃兰兑斯所强调的作家应该用现实主义手法进行创作这一观点不难看出,堀辰雄的大部分作品非常符合他的观点。我不认为这种现象完全是偶然和巧合。

(三)

《起风了》的故事结构并不复杂,小说中的登场人物也不多,故事的起承转合基本上是围绕主人公"我"与"节子"而展开,通篇充满了透明感。而有趣的是同样躺在病榻上的"我"是虚构,"节子"却是写实。"节子"其实是24岁病逝于疗养院的矢野绫子的化身，她是堀辰雄的第一位恋人。我个人推测，很可能是他们俩恋爱后，堀辰雄将肺结核传染给了矢野绫子。这篇小说里多少还能读出作者的愧疚和自责。一对青年男女在高原森林中的疗养院相爱的过程看似风平浪静，其实则是因他们自身病情的不稳定这一内在因素，和其他患者接二连三地病故这一外在因素而此起彼伏。作者通过对疗养院周围自然环境的精彩描写，使得他们的爱情颇具传奇色彩和悲壮感，大有若为爱情故，一切皆可抛的英雄主义情怀。值得注意的是，作者在小说里自始至终并未透露有关"我"的任何家庭信息，这一创作意图是刻意增添小说的神秘感，还是无意识地在小说中为读者设下了回味无尽的思考和想象空间，可能要见仁见智了。我的理解是除此之外，说不定存在这样的写作动机——作者想投入更多的笔墨集中在对自然的描述和对"将死之人"的刻画上。我觉得存在这种可能性。

小说的故事框架搭建在"我"与"节子"短暂的爱情经历之上。1933年夏天，堀辰雄经友人介绍在轻井泽与矢野绫子相识，不久后两个人便确立恋人关系，并在翌年订婚。1935年底，感染肺结核的绫子在疗养院病逝。某种意义上，《起风了》描述的是一个鲜活的生命走向死亡的过程，这个死亡过程属于现实中的"节子",也属于被虚构的作者堀辰雄自身。与病魔抗争的坚韧、挣扎活着的不确定性等等,交错在美丽而又无奈、淡淡哀伤的字里行间。对堀辰雄而言,生命如同死神唇边上的微笑,与其说对命运的服从,不如说在审视生命和死亡的同时,作者不但没有流露出一点消极的心态和负面情绪,而且通过积极的求生意志,超越生与死的界限,打破生命将至的不安、绝望和恐惧,正如他引用保尔·瓦莱里的一句诗所写的一样:"起风了,必须尝试活下去。"堀辰雄写出的不仅仅是此生不渝的爱,更是自己健康的人生态度。现实中的堀辰雄,我想一定跟作品中的主人公"我"一样,是一位充满清洁感的儒雅绅士。他谱写出的是一支生命的挽歌,也是赞歌,而这一切都建立在他纯洁的、神圣的对"节子"一往情深的爱之上。

按照三岛由纪夫的说法,堀辰雄是与森鸥外、小林秀雄一样"创造出独创性文体的作家",并称堀辰雄在《起风了》之后确立了自己小说的方向性。三岛还强调:"在日本,确立小说的方向只有一条,要么牺牲文体追求现实性,要么牺牲现实性追求文体。"还称赞堀辰雄在彻底贯彻小说方向这一点上是一位了不起的人物。

（四）

　　由于小说设定的舞台是在森林中，整篇小说充满了植物的味道。各种树木、野草野花、藤蔓枯叶纷纷登场，对云朵雷雨、晨光晚霞、鸟鸣虫叫、松鼠野鸡的描写也成为每个章节里的亮点。不惜笔墨对外部自然景观的描写的确有别于那个时代的日本传统小说，这或许就是被当时一些思想保守的批评家指责为仅仅停留在对西方小说的模仿上，甚至称堀辰雄是"似非西洋"（假冒西洋之意）的依据吧。当然这种指责并不完全是空穴来风，堀辰雄的初期作品确实深受法国文学的影响，尤其是法国意识流小说大师普鲁斯特的影响，堀辰雄的命运与自幼患有哮喘病、51岁谢世的普鲁斯特也有相似之处。珍惜当下的生活，憧憬重新变好的明天是他们活着的最大理由和动力。《起风了》中对自然景观的大量描写，我更认为是出自堀辰雄的本能所为，小说每一处的自然描写其实都是作者有意设下的伏笔，与小说的情节起伏和登场人物的心理波动紧密结合，这一点在堀辰雄的小说中可以说做得天衣无缝，十分完美。对植物的情有独钟也应和了堀辰雄曾坦言自己的性格中有植物性的一面。

1938年，《起风了》的完整版出版后随即在当时的日本社会引起广泛关注，除这篇小说的经典意义外，也与当时肺结核蔓延日本全国、有数以万计的患者关心结核文学这一主题密切相关。堀辰雄因这篇小说掀起了"疗养文学"热，这本书一出版就很快成为畅销书，之后还被拍成影视剧，在当时的日本社会引发了轰动效应。能把一个悲剧故事写得如此美丽与浪漫，在日本现代文学史上实不多见。这篇小说的诞生，为日本全国各地人满为患的医院和疗养院、在绝望中挣扎的肺结核患者带来了莫大的鼓励和活下去的勇气，其时代意义不可估量。批评家丸冈明曾评价说："《起风了》给我们带来的最大惊喜，就是他将如风一样逝去的时光用文字完美地刻画出来，并在时间的长河中捕捉并展示了人类的真实面目。"作家中村真一郎甚至评价堀辰雄"培养了他与纤弱的现代主义作家们不同的坚强"。

（五）

　　《起风了》写作期间，日本虽然在1936年发生了近代史上最大的"二二六事件"，但这一重大的政变似乎没有干扰到堀辰雄的写作，他依然在森林中的疗养院一边静养，一边专注于读书与写作。堀辰雄十八九岁开始接触里尔克的诗，并为里尔克的诗歌语言和诗歌精神所折服。在日本现代文学史中，里尔克可以说是最具有影响力的西方诗人之一。他的诗集、随笔集和书信集在日本有多种译本。小说中多次提到里尔克写给31岁病逝的女友画家保拉·莫德索恩–贝克尔（Paula Modersohn–Becker）的《安魂曲》，吻合了堀辰雄的人生遭遇，同时也是他寻求的心灵安慰。在信仰基督教和天主教的西方，"安魂曲"是一个普遍的主题，常常出现在诗歌、音乐、美术等文学艺术作品之中。它最初应该由天主教的"Requiem aeternam dona eis, Domine（主啊，请赐予他们永远的安息）"演化而来，主要在悼念、追思、弥撒礼仪中派上用场，日语中一般翻译成"镇魂歌"。小说的结尾也有写到德国的传教士，其实西方人在1549年的室町时代（中国明朝）就已经进入日本进行传教，四五百年之间，日本各地虽然也兴建了一些十字架的教堂，但遗憾的是，这一宗教至今仍没有在日本发展壮大。

堀辰雄19岁时经诗人室生犀星介绍，与芥川龙之介相识，并师从他写作。诡异的是，在与芥川龙之介认识的这一年他被查出了肺结核。堀辰雄23岁时，35岁的芥川龙之介的自杀给他带来巨大的心灵冲击，也可以说他遭受了一次精神上的"灭顶之灾"。他除了在1928年写了东京大学的毕业论文《芥川龙之介论》之外，还在1930年发表了以芥川龙之介自杀后受到打击体验为基础的小说《神圣家族》。堀辰雄始终视芥川龙之介为自己写作和精神的导师。除芥川龙之介之外，堀辰雄还与活跃在昭和前期的日本文学巨擘如川端康成、横光利一、室生犀星、三好达治、丸山薰、菊池宽、立原道造、中野重治、中村真一郎、加藤周一、小林秀雄、三岛由纪夫等过从甚密。这些人在堀辰雄住院疗养期间，要么不断前来探望，要么频频写信慰问。他们的友情无疑就像肥沃的土壤，滋养着堀辰雄的文学理想和活下去的信心。

20世纪30年代，堀辰雄去奈良、京都和神户做了短暂的关西旅行，日本文化历史的发祥地启发他创作了几部古典主义题材的小说。其间他还在神户参加了诗人竹中郁的诗集《象牙海岸》的出版纪念会。写完《起风了》的1938年春，堀辰雄与相识不久的加藤多惠（婚后改名堀多惠子）结婚。婚礼在东京目黑雅叙园举行，诗人室生犀星夫妇主持婚宴，据说参加者大都是文学同行、记者和编辑。结婚后堀辰雄靠稿费和版税养家糊口，编杂志写连载，并在长野县的高原避暑胜地轻井泽以当时3500日元（其中的450日元借自川端康成，1年后还清）的高价购置了一栋别墅。婚姻生活使得他创作出了挑战描写现代女性形象的小说《菜穗子》（1941年）。这篇小说被称为是堀辰雄接近古典主义的成功尝试。

1953年5月26日，堀辰雄的病情急剧恶化。据他太太堀多惠子的描述，那两天窗外雷鸣电闪，呼啸不停的强风如同宣告世界末日的来临。27日，堀辰雄大量咯血，晚上11点服用安眠药就寝。28日凌晨1点40分，在夫人多惠子的看护下，罹患30年肺结核的堀辰雄在轻井泽家中与世长辞。6月3日，其告别仪式在东京芝公园增上寺举行，川端康成担任治丧委员会主席。8月，新潮社出版七卷本《堀辰雄全集》。堀辰雄去世后，因父亲的工作关系在香港、广东度过少女时代的妻子堀多惠子，一直孤身守护着堀辰雄位于轻井泽的家（后成为堀辰雄文学纪念馆），创作了大量回忆堀辰雄的文章。2010年4月16日，堀多惠子在与堀辰雄一起生活过10多年的轻井泽谢世，享年96岁。

在日本近150年的现代文学史中，若要在不同时代列举出具有经典性的短篇小说家，堀辰雄毫无疑问名列其中。

2024年7月7日

写于日本

目录

序曲　　　001
春　　　　009
起风了　　025
冬　　　　061
死荫山谷　083

关于《安魂曲》　102
堀辰雄年谱　　　108

序曲

✤

那些连连夏日,在一片芒草丛生的草原上,当你久久站着一心不乱地绘画时,我总是躺在不远处一棵白桦树的树荫里。然而到了黄昏,你才会搁下画笔来到我身边,之后便会有好长一段时间,我们搂抱着彼此的肩膀,眺望远方一团团只有边缘带着霞红色积雨云下的地平线。从终于染上暮色的地平线上,仿佛有什么东西就要诞生出来……

就是在这样的午后(那是临近初秋的一天),我们任凭你画了一半的画立在画架上,一起躺在那棵白桦树的树荫里啃着水果。流沙一样的云在天空潺潺流动。这时,不知从哪儿吹来了一阵风。我们头顶上空的枝叶缝隙间,一片蓝色云卷云舒。几乎与此同时,我们听到了草丛里有什么扑倒的声响。好像是我们置之不顾的画与画架一同倒下的响声。你想立刻起身前去，顷刻之间，若有所失的我硬是将你一把拽住，不让你离开我，而你则听任我的摆布。

起风了，必须尝试活下去。

我一边将手搭在依偎着我的你的肩上，一边在口中反复吟诵着霎时涌上心头的诗句。然后你把我推开，站了起来。油墨未干的画布上在此期间已经沾满了草叶。你将画布重新放稳在画架上，用调色刀剔除不易脱落的草叶，同时说道：
"哎呀，父亲若是看到了这样的场面……"
你转过身望向我，露出些许暧昧的微笑。

"再过两三天，父亲就要来了。"
一天清晨，当我们在林间散步时，你冷不防这么脱口而出。我有点心怀不悦似的沉默不语。你因此看着我，以略带沙哑的声音再次说道：
"若是那样的话，这样的散步恐怕也难以成行了啊。"
"散步怎么了，想的话，当然可以啦。"
我似又感到不悦，感到你向我投来关切目光的同时，却装出一副被我们头顶上的树梢间不经意响起的沙沙声夺去注意力的模样。

"父亲恐怕不会让我离开他的。"

我终于用不耐烦的眼神看着你,说:

"那意思是,我们只能各奔东西了?"

"那还能有什么办法呀。"

说完,你恍若早已铁了心,对着我露出勉强的笑容。啊啊,那时你的脸色,甚至你的唇色,都是那么苍白!

"怎么会变成这样呢?你看上去明明就是把一切都丢给我来做决定的呀……"我思忖再三,步履艰难地沿着树根裸露的狭窄山道,让你走在前面。那里的树木看起来遮天蔽日,空气冷清阴凉,塌陷的小沼泽随处可见。顷刻间,我脑中闪过这样的念头:对今年夏天这个偶然相遇的我,你如此顺从,那么,对你的父亲,以及包括你父亲在内的、支配着你一切的人,你也是百依百顺吗?"节子,如果你是那样的人,我也许会更加喜欢你吧。等我的生活得以稳定,无论如何我都要迎娶你,在此之前,你就像现在这样,待在你父亲身边就好……"我在心里只是对自己这么说,像要征求你的同意,不由得拉住了你的手。你便听由我拉着。我们就这样手拉手在一洼沼泽前驻足,相视无言,阳光好不容易从树枝交错的低矮灌木缝隙中钻过,洒落在深深嵌入我们脚边的小沼泽的底部。阳光透过树丛漏下来,我怀着一种悲伤的心情,注视着它们在微风中摇摇晃晃的影子。

两三天后的一个傍晚,我在餐厅看见你和前来接你回家的父亲共进晚餐,你背对着我,显得笨拙。你在你父亲身旁无意之间流露出的举止与神情,让我觉得你是一个我从未见过的年轻女孩。

"即使我呼唤你的名字……"我喃喃自语道,"你也会若无其事地置之不理吧。好像不是我在呼唤一样……"

那一晚,我无所事事地独自外出散步回来后,又来到空无一人的你与父亲用餐的旅馆前徘徊许久。山百合散发着花香,我木然地望着旅馆窗口流泻出三三两两的灯光,不一会儿,起雾了,窗口里的灯光像是畏惧雾的来袭,一盏一盏地熄灭了,整个旅馆因此变得漆黑一片。就在此时,随着轻微的嘎吱声,一扇窗被缓缓推开,一个身着蔷薇色睡衣的年轻女孩依窗而立,那便是你……

在你离去的日子里,我的心一天比一天沉闷,那种近似悲伤的幸福气氛,我至今依然能清晰地记起。

我整日待在旅馆,重拾当初因你而荒废已久的工作。就连我自己都没料到,竟然还能平静而专注地去埋头工作。不久,一切都转移到了其他季节,总算在即将启程的前一天,时隔多日我走出旅馆,去外面散了步。

秋天,树林中变得杂乱无章。少了许多枝叶的树木从这段时间开始,一直向前伸展到无人居住的别墅阳台。菌类潮湿的气味混杂在落叶的气味里。意想不到的季节转变让我错愕——自从和你分别后,不知不觉光阴荏苒,让我产生一种异样的感受。可能因为在我心中的哪个角落存在着某种确信,总觉得我与你的分离只是暂时的,因此,时间的流逝于我而言,才有了与以往完全不同的意义呢……这种事过了一会儿,在我彻底确认之前,眼前却是一片茫然。

十几分钟后,我来到树林尽头,眼前豁然开朗,眺望着遥远的地平线,踏入芒草丛生的草原。于是,在一棵叶片枯黄的白桦树的树荫里躺下。这里就是那年夏天,我一边躺着,一边看着你画画的地方。那时总是被积雨云遮蔽的地平线周围,此刻变得清晰可见,就连不知绵延在何处的遥远山脉，以及在风中摇曳的白色芒草的穗子，它们的轮廓都一清二楚。

我极目远眺，几乎要把远山的姿影默记于心。在此过程中，我确信毕竟找到了一直潜藏在我内心的、大自然为我保留的东西，它开始渐渐清晰地上升到自己的意识中……

春

3月到了。某日下午,我像往常一样悠闲散步,假装顺路走访了节子的家。一进门便看到节子的父亲在靠门的花丛中,戴着劳动者工作时戴的大草帽,手持剪刀正在修剪庭院中的花木。我一看到他这个样子,就像孩子一样拨开花木走到他身边,三言两语寒暄几句后,就站在那里好奇地看着他干活。当整个人都置身于花木丛中时,到处的小树枝上不时闪着白色的光,似乎都是花蕾……

"她最近看起来精神多啦。"父亲猛地抬起脸,说起了刚与我订婚不久的节子的事,"等她的情况再好一些,让节子换个环境疗养,你看如何?"

"那当然再好不过了……"我吞吞吐吐地说,装作对眼前闪亮的花蕾产生浓厚兴趣的样子。

"这段时间正在物色好一点的地方——"父亲不以为意,继续说道,"节子说没听说过F疗养院,你好像认识那里的院长,是吧?"

"嗯嗯。"我有点心不在焉,将刚才发现的白色花蕾拉近到自己手边。

"不过,那样的话,让她一个人去,能行吗?"

"听说大家都是一个人去的呢。"

"可是,节子的话,如果她一个人不能去呢?"

父亲一脸为难,却没有看我,刹那间把自己眼前的一根树枝剪了下来。见此情形,我终于沉不住气,于是脱口说出父亲期待由我来说的话。

"不然的话,我也可以一起去,目前手头上的工作也刚好告一段落了……"

我这么说着,一边把好不容易才拉在手上的长满花蕾的树枝又轻轻放了回去。与此同时,我看到父亲的表情一下子明朗起来。

"若能这样,自然再好不过啦——可就是太委屈你了呀……"

"没有啦,我呀,说不定在那样的山里更能专注于工作呢……"

接下来,我们聊了一会儿那家疗养院所在的山区。不知何时,我们的话题又转移到父亲正在修剪的花木上。此时此刻,两人彼此之间感受到类似于同情的某种情绪,连这种不着边际的闲谈,也都变得有了活力。

"节子起来了吧?"片刻后,我轻描淡写地问了一句。

"是啊,起来了吧……请进,别介意,从那边往外走……"父亲用拿着剪刀的手指了指庭院的木门,我穿过花木丛,用力拉开那缠满常春藤难以打开的木门,从院子走向另一栋不久之前还当画室用的那间病房。

节子似乎早就知道我已经到了,却没想到我会从院子里走进来,她在睡衣外披了一件颜色鲜艳的外套,躺在长椅上,手中拿着一顶我从未见过的、带有细丝带的女式帽子。

我隔着法式玻璃门看着她的身影,她似也看见了我,像是下意识地做出起身的动作,却还是躺着未动,略带羞涩地微笑着转过脸盯着我看。

"醒了?"我在门口草率地脱掉了鞋,对她说道。

"试着坐起来了一会儿,可马上就感到累了。"

她一边这么说着,一边有气无力地把刚刚在手中抚弄的帽子随手抛向一旁的梳妆台。然而，帽子没能抵达梳妆台便掉在了地板上。我走近帽子，俯下身去，脸庞几乎凑近了她的脚尖，捡起帽子，就像刚才的她，在手中把玩起来。

接着我问道："你拿出这顶帽子做什么呢？"

"这玩意儿，不知道什么时候才能派上用场，是父亲昨天给我买的……他是不是有点怪怪的？"

"这，是父亲给你挑的吗？可真不愧是个好爸爸呀……来，戴上让我看看。"我半开玩笑地做出给她戴帽子的举动。

"不了吧，别让我戴了呀……"

她说着，不耐烦地、像要躲避般支撑起半个身子。她一边辩解似的露出柔弱的微笑，一边陡然想起来什么似的，用稍显细瘦的手，整理着微微凌乱的头发。那不经意却又很自然的年轻女性的动作，像在爱抚我，让我几乎窒息般地感到一种充满性感的魅力，使我不得不移开视线……

不久，我把一直在手上把玩的她的帽子轻轻地放在旁边的梳妆台上，像一下子想到了什么，沉默着，继续把目光从她身上移开。

"你生气了吗？"她仰着脸担忧地问。

"没有，"我最终将目光转向了她，没话找话地说道，"刚才你父亲跟我说了，你真的想去疗养院吗？"

"嗯。即使这样，也不知道什么时候会好起来。只要能快点恢复，随便哪里我都愿意去的。不过……"

"怎么啦？你想说什么？"

"没什么。"

"没什么也没关系，你说说看……如果你不想说，那就由我来说吧。你是不是希望我也能跟你一起去？"

"才不是呢。"她急忙打断我的话。

然而，我没有理会她，语气跟刚才不同，渐渐变得认真起来，略显不安地继续说了下去：

"……不，即使你说不让我去，我还是会跟你一起去的。不过呢，我有点担心……我在像现在这样跟你走到一起之前，就曾梦想过和你这样可爱的女孩一起去某一座孤寂的深山，过着远离尘嚣、与世隔绝的生活。以前我不是跟你谈到过这样的梦想吗？你忘了？就是有一次说到山中小木屋，我说不知道我们能不能习惯生活在那样的山里。那时，你还天真无邪地笑了起来……其实呢，这次你提出来去疗养院，说不定就是那种梦想让你不知不觉为之动心了……难道不是这样吗？"

她努力微笑着，默默听着，继而回应道：

"我已经不记得有这么回事了。"而后用安慰般的眼神看着我，"有时候，你还真会突发奇想呢……"

几分钟之后，我们摆出一副就像什么事都不曾发生过的表情，一起好奇地望着法式玻璃门外，草坪已经变绿了很多，到处都是初春的景象。

☘ ☘ ☘

4月以后，节子的病情渐渐好转。而且，越是进展缓慢，越让人觉得向恢复迈进的每一步真实可信，甚至带着一种我们难以言喻的可靠感。

就是在这样的一个下午，我去了节子家，去时父亲正好外出，只有节子一个人待在房间里。那天节子精神很好，她将常穿的那件睡衣换成了蓝色衬衫。一见到她，我便想带她到院子里走走。虽然有点风，可那是令人放松的柔风，她露出没什么自信的笑容，最终答允了我。于是，她将手搭在我肩上，以稍显不稳的步伐走出法式玻璃门，颤颤悠悠地踏入草坪。我们沿着树篱笆缓缓而行，各种外国品种的花木混杂地长在一起,枝丫相互交错缠绕难以分辨彼此。走近繁密的花木丛,随处可见白色、黄色、淡紫色的小小花蕾含苞待放。我在这些花木丛前止步,忽地想起去年秋天她告诉我的花名。

"这是紫丁香吧?"我转过脸问节子。

"那说不定不是紫丁香呢。"她的手又轻轻地搭在我的肩上,略显歉意地答道。

"哦……那么之前你都是在糊弄我啦?"

"没有糊弄你啦,我只是重复了送花人说的话……不过,也都不是些什么好花。"

"原来是这样呀,花都快开了,你才终于坦白!这么说来,那个是……"

我指着旁边的花木又问:"那个又叫什么呢?"

"金雀花?"她延续着我们的话。我们慢慢地靠近花木丛。"这株金雀花可是纯种的啊。你看,有黄、白两种颜色的花蕾,对吧?这株白色的听说较为珍贵……父亲可引以为豪了……"

就这么闲聊着,这期间节子的手一直搭在我的肩上没有离开,与其说是倦怠,不如说是漫不经心地靠在我身上。而后,我们默默无言了一阵子,仿佛这样做就能片刻间挽留住花香馥郁的人生。有时,轻柔的风会像压抑已久的呼吸,从树篱笆的另一面吹过来,微微拂动花木丛的叶片,随即又匆匆飘逝,将我们俩留在原地。

突然,她把脸埋在了原本搭在我肩上的自己的手中,我感觉到她的心跳比平时要剧烈。

"你累了吗?"我温柔地问她。

"不累。"虽然她这么小声回答,但我还是越发感受到了她的重量缓缓地压在了我的肩上。

"我这么虚弱,总觉得很对不起你……"她如此低声细语,我与其说是听见的,不如说是感受到的。

"你的孱弱只会让我更加怜爱你,你怎么就感受不到这一点呢?"我焦急地在内心呼唤她,但表面上却故意装出什么都没听到的样子,站在那里一动不动。

她猛然抬起背对着我的脸,手也慢慢从我的肩上挪开,低声自言自语道:

"为什么我最近变得这么懦弱呢?以前,不管病情多么严重,我都不觉得有什么大不了的……"沉默拉长她话中的不安。不一会儿,她又猛地抬起头,我本以为她会直视我,她却再次低下头,用有些飘忽的声音说:"不知道为什么,我忽然又想活下去……"

接着,她用几乎听不见的低声细语补充了一句:"多亏有你……"

※　　　※　　　※

那是2年前我们初次邂逅的夏天,我的口中霎时冒出一句,后来喜欢时不时地吟诵的诗句:

"起风了,必须尝试活下去。"

这样的诗句让那段常常被遗忘的时光不经意间在我们心中复苏。那是一段先于人生的,比人生本身更生动、更悲戚的快乐日子。

我们开始为月底前往八岳山麓疗养院一事做准备。我打算在那家疗养院院长来东京的几天,趁着跟他有些交情,在他动身返回之前,借此机会请他为节子做一次诊察。

有一天,终于把院长请到位于郊外的节子的家,初次诊察结束后，院长对着节子留下一句："没什么大问题。不过，可能需要到山里接受一两年的治疗吧。"说完便匆匆赶回去。我把院长送往车站，想借机从他的口中得知节子病情的更多细节。

"不过，不要把我的话透露给病人。至于她的父亲，我想，事后最好由我来好好跟他做详细说明。"院长脸上露出些许难为情的神色，将节子的病情详细地给我讲了一遍。随后，直视不语的我，以同情的口吻说："你的脸色也不太好，有机会也得给你好好检查一下啊。"

当我从车站回来，再次走进节子的房间时，父亲仍待在卧床不起的节子床边，与她商量动身前往疗养院的日期。我面无表情地加入他们的讨论。

"可是……"过了一会儿，父亲像是想起了什么事，站起身来说道，"已经恢复到这种程度了，要是只在夏天去的话，应该会很好吧。"边说边走出房间。

房间里只剩下我和节子两个人，我们相对无言。那是一个春意盎然的黄昏。我自刚才起就感觉到有些头痛，越来越强烈的痛感让人难受。我悄然站起身，走近玻璃门，打开其中一扇，靠门站着。之后很久我头脑空空地立着发呆，甚至不知道自己在想些什么，空虚地盯着对面笼罩在薄雾中的花木丛，心想："好香啊，是什么花呢？"

"在做什么呢？"

节子沙哑的声音从背后传来，冷不防将我从麻木状态中唤醒。我依然背对着她，假装着以思考别的事情的口吻说："我在想你的事呢。想山里的事，还有我们在那边生活的事……"我断断续续地说着，居然连自己也觉得刚才真的在想着这些事了。是的，我好像是在思考着这样的事。

"到了那边，说不定真会发生很多事情呢……可是所谓人生，就像你常常所做的那样，一切顺其自然就好……若是这样，说不定就连我们从未奢望的事也都会发生呢……"我在心里思考着这样的事，自己对此却毫无觉察，反而被那些无关紧要的琐碎事给吸引了……

院子里虽然还有一点光亮，可定神一看，房间里已经暗了下来。

"要开灯吗？"我急忙打起精神问。

"先别开灯……"她的声音比刚才更沙哑了。

我们俩相对无言了一会儿。

"我有点呼吸困难，花的香味太浓了……"

"那我把这扇门也关起来啊。"

我以沮丧的语调回应道,顺手抓住把手,把门关上。

"你……"这次她的声音听起来接近中性,"刚才你在哭吧?"

我吓了一跳,急忙转身看着她:

"怎么会呢?你看看我。"

躺在床上的节子没把脸转向我。室内变暗,她似乎盯着某样东西,我无法确定。然而当我不安地追随着她的目光看去时,看到的也只是一片空茫。

"我都知道的,刚才……院长给你说了我些什么……"

我很想马上回答,却一时语塞,什么也没能说出口。我只是悄声地关上门,又望向暮色下的庭院。

不久,我听到背后传来一声长叹。

"对不起。"她终于开口说道,声音中带着一点悸动,却比以前更加冷静,"你不要太介意……从此以后,一起努力活下去吧……"

我转过脸,看见她悄悄地将指尖贴在眼角,再也没有挪开。

✿　　✿　　✿

4月下旬的一个半阴半晴的清晨,我们被父亲送到火车站。我们如同启程去蜜月旅行,在父亲面前愉快地坐上了开往山区的二等车厢。火车缓缓地驶离了站台,留在站台上的,只有强装镇定,身体微微前屈,好像一下子苍老了10岁的父亲。

火车完全驶出站台后,我们关好车窗,神情瞬时变得有些落寞,然后在二等车厢的空座位上坐定。我们把膝盖紧紧贴在一起,宛若以此温暖彼此的心……

起风了

我们乘坐的火车,几度翻山越岭,沿着深深的溪谷缓缓前行,在久久穿越豁然开阔、遍布葡萄园的台地之后,好不容易继续向着山岳地带无止境地攀登时,天空变得更低了。刚才看起来还是一片黑压压的乌云,不知不觉间开始四散,如同直冲着我们的眼皮压过来。空气也开始变凉,我竖起上衣领子,不安地看着全身埋进披肩紧闭双目的节子,她的脸庞疲倦又略带兴奋,不时地睁开眼看着我。一开始两人每次都会相视一笑,到后来变成不安地四目相对,只好索性把视线移向别处。接着她再次闭上眼。

"好像变冷了呀。是不是要下雪呢?"

"都已经4月了,还会下雪吗?"

"嗯,这一带也不一定就不会下雪。"

我望着才下午3点就已经变暗的窗外。无数没有叶子的落叶松枝并列着,中间还夹杂着黑色的冷杉树枝,我这才留意到我们的车正穿越八岳山麓,然而却没有看见理应出现的山影……

火车在山脚下的一个跟用来置物的木屋没什么差别的小站停下。车站里,一位上了年纪的穿着印有高原疗养院标志的工作服的人前来接站。

我搀扶着节子,走向站外停着的一辆又小又旧的汽车。我感觉节子在我的臂弯里颤颤悠悠的,却故意装作浑然不知的样子。

"你累了吧?"

"没感觉到累呢。"

跟我们一同下车的几位乘客几乎都是当地人,他们在我们周围窃窃私语。我们俩坐进汽车后,不知何时,那些人就混入其他村人之列无法辨认,消失在村子里。

我们的汽车穿过一排连绵不绝的低矮破旧民房之后,原以为眼前的凸凹起伏,会延伸到八岳山脊无边无际的倾斜地带,然而出现在前方的却是一栋巨大的红色屋顶建筑,背靠杂木林,主楼旁边还有几栋侧翼建筑。"就是那栋楼。"我一边感受着汽车的倾斜与颠簸,一边对节子说道。

节子只是微微仰起头,以不安的眼神,一言不发地望着眼前的建筑。

到了疗养院,我们被安排住进最里面紧邻杂木林的一栋住院楼的二楼一号病室。简单的诊察后,节子被要求立即躺下休息。在铺着亚麻油地毡的病室里,摆放着清一色涂着白漆的病床和桌椅——除此之外,只有工友刚刚送来的几件行李。室内只剩下我们俩时,我久久不能平静下来,根本没有心思走进为陪护人员准备的小侧室,我茫然地环视这裸露的室内,好几次走到窗边,只是张望着天色的模样。风牵引着沉重的乌云移动,杂木林里时而发出尖锐的声响。我穿得很少,走到阳台上,阳台上没有任何阻隔,一直延伸到对面的病房。阳台上空无一人,我无所顾忌地边走边往病房里看,正好在第四间病房里,我从半开的窗口看到一个患者睡在病床上,便连忙折返回来。

终于,病房里点亮了灯。我们面对面坐下,吃着护士送来的晚餐。这是我们俩在医院第一次共进晚餐,显得寂然清静。吃饭时,根本没觉察到外面变暗,只是感到周围一下子变得安静下来,原来不知何时下起了雪。

我站起身,将半开的窗户关得只剩下一条小缝,然后将脸贴近窗玻璃,一直凝望着雪花飘落,直到窗玻璃因我的呼气变得模糊。随后,我离开窗口,转过身面向节子问:"哎,你为什么会……"

她躺在床上,看着我的脸,想要说什么似的欲言又止,把手指竖在嘴唇前,不让我说下去。

✤　✤　✤

疗养院坐落在八岳山麓下开阔的褐红色平缓地带,与数栋侧翼同时并列展开,朝南而立。山麓的坡度继续延伸,两三个小山村全都随之倾斜,最后被无数的黑松重重包围,一直连接着看不见的溪谷。

站在疗养院面向南的阳台上,那些倾斜的村落及肥沃的耕地一览无余,若天气晴朗,在环绕村落的广阔松林上方,还可以望见由南向西的南阿尔卑斯山和两三条山峦的支脉,总是在自己山巅涌出的云雾中若隐若现。

抵达疗养院的翌日清晨，我在自己的房间醒来，透过小小的窗格子望见湛蓝的天空和宛如鸡冠的雪白山峰，如同从虚空中冒出来一样，出现在眼前。虽然躺在床上无法看见，阳台及屋顶上的积雪沐浴着春天的阳光，似乎化成了源源不断的水蒸气。

有点睡过头了的我，急忙起床，走进隔壁的病房。节子早已经醒来，裹着毛毯，脸蛋微微泛红。

"早上好！"我也感觉到自己的脸颊在发烫，语调轻快地问道，"睡得好吗？"

"好。"她点头答道，"昨晚吃安眠药了，头有点痛。"

我故作漠不关心的样子，精神抖擞地将窗户和通往阳台的玻璃门全部打开。耀眼的阳光令人目眩，一时间几乎什么都看不清。不一会儿，待眼睛渐渐适应之后，便看见雪覆盖着阳台、屋顶、原野，连树木都冒着淡淡的水雾。

"我还做了一个奇怪的梦。这个梦啊……"她在我背后说道。

我马上意识到，她好似硬要说出什么难以言表的事给我听。像往常一样，她的声音有些沙哑。

这次，轮到我转过身去面对她，我把手指竖在嘴唇前，不让她说下去……

过了一会儿,护士长慌慌张张地走进来,亲切地问候节子的状况。每天早晨,护士长都要一个病房接一个病房走访,探望住院的每一位患者。

"昨晚睡得好吗?"护士长以活泼的语调询问着。

节子一语不发,温顺地点了点头。

✿　　✿　　✿

这种山中疗养院的生活,从一般人认为已经走到尽头的地方开始,自然也就带有特殊的人性。我开始在自己的内心隐约意识到这种陌生的人性,是在住院后不久,院长把我叫到诊察室,让我看节子患部的 X 光片那一刻。

为了让我看清楚,院长把我带到窗边,把 X 光片对着窗外的阳光,一一详细说明。右胸部几根白色肋骨清晰可辨,而左胸部的几根肋骨却几乎看不见,看见的只是一个巨大的病灶,宛如诡异的幽暗之花。

"病灶扩张的程度超出了我的预想……万没有料到会变得这么严重……这种状况,在我们现在的医院里,说不定是数一数二的重症了……"

院长的这番话在我耳边嗡嗡作响,我像一个丧失了理性思考能力的人,完全无法将院长的话与刚才诡异的幽暗之花的影像结合在一起,只能将二者并置于意识的门槛,从诊察室走了出来。与我擦肩走过的白衣天使也罢,在阳台上享受着日光浴的裸身患者也罢,住院大楼内的嘈杂声也罢,还有小鸟的啼鸣,都与我毫不相干地一一擦肩而过。我最后来到靠最里边的住院楼,机械性地放慢脚步正要走进通往我们病室所在的二楼台阶时,便听见紧挨楼道的一间病房里传来一阵从未听到过的、令人不快的干咳声,心里想:"啊,这里也住着患者吗?"然后茫然地盯着门上的数字: No.17。

✺　　✺　　✺

于是,我和节子开始了我们与众不同的爱情生活。

节子自住院以来就被要求静养,所以她总是躺着。与住院前心情好时下床走动相比,节子现在看起来更像个病人,但也不至于病情有什么恶化。医生们也总是把她当作就要痊愈的患者来对待。院长甚至还半开玩笑地说:"我们就是这样生擒病魔的。"

季节犹如要弥补以前耽误的时光,加快了交替的步伐。春天和夏天几乎在同一时间到来。每天早晨,黄莺和杜鹃的啼鸣唤醒我们。接下来差不多整整一天,周围树木的新绿从四面八方朝疗养院涌来,甚至把病房内也染上了一层清爽的绿色。在那些日子里,连那些早晨从群山飘走的白云,到了黄昏都要重新飘回群山。

每当我回忆与节子最初一起度过的那段时光,也就是我几乎天天守在节子枕边的那段时光,其实与疗养院的生活非常相似,每一天都美丽又单调,以至于分不清二者谁先谁后。

更确切地说,我们在重复着这些相似日子的过程中,甚至觉得自己已经完全脱离了时间。而且,从这样的时间中摆脱出来的每一天,我们日常生活中的每一个细节,都将会展现出与以往完全不同的魅力。这个在我身边散发着温热、散发着馨香的存在,那略显急促的呼吸,牵着我的手的那只柔软的小手,那微笑,还有不时交流的平凡对话……如果把这些东西都丢弃的话,剩下的就只有空无单调的日子了。但我们的人生要素其实也只有这些,仅凭这些微不足道的东西,我们就能如此心满意足，因为，这一切都是与这位女孩共有的。

如果说那些日子唯一发生的大事，那就是节子时常发烧吧。这使得她的身体一步步走向了衰弱，然而，就在此时，我们更细心、更缓慢地如同偷尝禁果一般，品味着生活中的每一个平凡细节。正是我们带着几分死亡气息的生之幸福，才使得这种幸福更加完美而深刻。

某日黄昏，我从阳台上，节子从病床上，一同出神地眺望着沉入山脊背后的夕阳，周边的峰峦、丘陵、松林和山地，一半染上暗红，另一半则渐渐被变幻不定的鼠灰色所掩盖。有时，鸟儿们仿佛恍然想起了什么，在森林上空画出一条抛物线。我对初夏这一刹那转瞬即逝的黄昏景色，尽管已经司空见惯，却还是想，即使今后能再见到这样的景色，恐怕也很难再有满腔的幸福感了。因而我梦想着，很多年之后，如此美丽的黄昏倘若会在我的记忆中苏醒，我认为这就是我们幸福的完美写照。

"你在想什么呢，想得那么出神？"我的背后传来节子的声音。

"我想,在很久很久以后,我们若是忆起此时的生活,该会觉得多么美好啊。"

"说不定还真是这样呢。"节子回应道,似乎愉快地同意了我的看法。

接着,我们再次久久一语不发,望着窗外景色。可是,我无意间茫然而又痛苦地感觉到,这样出神地看着风景的像是自己却又不像自己。这时,身后传来了一声深深的叹息。但这声叹息又恰如是自己发出的。像是为了探明究竟,我把脸转向节子。

"眼下要是那样的话……"节子直盯着我,声音有点沙哑地说。可话音未落,她又显得犹豫不定,以完全不同的语气添加了一句:"要是能一直活下去就好了。"

"你又说这种话!"

我焦急地低声吼道。

"对不起。"她简短回应了一句,把脸转了过去。

直到刚刚自己都搞不明白的情绪,现在像是渐渐转化成为一种焦虑。我又一次望向窗外的远山,然而,那远景在瞬间生出的异美之色,此刻已荡然无存。

当晚,我正准备去侧室睡觉时,节子叫住了我。

"刚才对不起啊。"

"没事啦。"

"刚才,我本来是想说别的事……可不知为什么,却说出了那样的话。"

"那你原来想说些什么呢?"

"……你不是说过吗?只有将死之人的眼里,才会映现真正的自然之美……我呢,当时想起了你这句话。是当时的景色让我觉得就像是你说的那样。"她一边说着,一边盯着我的脸,似想诉说些什么。

这句话戳到了我的心,我不由得垂下了眼帘。这时,一个想法猛地闪过我的脑海。从刚刚就令我心烦意乱的不确定感,终究在我心里鲜明起来。"是啊,我怎么会没想到呢?刚才觉得自然美丽的不是我,而是我们。也就是说,节子的灵魂只是通过我的眼睛,以我的方式看到了梦幻之境而已……若是这样,节子并没觉察到她正幻想着自己最后的瞬间,而我自顾自地思考着彼此都会长久地活下去的情形……"

节子和刚才一样,一直盯着我看,直到我抬起头。我避开她的目光,弯下腰,轻轻吻了吻她的额头,内心羞愧不已……

※　　※　　※

盛夏已至。山里的酷暑甚至比平原地带还要猛烈。疗养院后面的杂木林里，貌似有什么要燃烧起来一样，蝉鸣聒噪不止。就连树脂的气味也从敞开的窗口飘然而至。到了傍晚，很多患者为了在户外呼吸舒畅，甚至把病床拉到阳台上。看到这些患者，我们这才第一次意识到，最近疗养院的患者增加了许多。然而，我们依然不闻不问，继续过着只属于两个人的生活。

最近，节子因天气炎热，完全失去了食欲，晚上也常常睡不好觉。为了能让她睡好午觉，我比以前更加留意走廊里的脚步声，以及从窗口飞进来的蜜蜂和牛虻，而且很在意自己因为炎热而变得粗重的呼吸声。

像这样在节子枕边屏息守护她入睡，对我而言也接近一种睡眠。我可以痛切地感觉到她的呼吸时而急促时而缓慢的变化，我的心脏甚至跟她的心一起跳动。轻度的呼吸困难似乎不时地袭扰着她。这时，节子微微痉挛的手会放到喉咙边,做出要遏止什么的动作。我想,节子会不会是被噩梦缠身,在我犹豫着要不要唤醒她时,那样的痛苦状态就会渐次消失,而后趋于缓和。因此,我也不由得松了一口气,她平静的呼吸也让我感觉到一种快慰。等她醒来后,我轻轻吻了吻她的头发。她以倦怠的眼神看着我:

"你一直都在这儿吗?"

"嗯,我在这儿也眯了一会儿。"

在那样的夜晚,有时自己也会久久难以入睡,如同变成一种习惯,不知不觉中模仿着节子的动作,将手贴近喉咙。等意识到时,才发现真的感到呼吸困难,但对我来说,这无疑是一种快意。

"最近你的气色好像不太好呀。"有一天,节子比平时更仔细地看着我说,"是哪儿不舒服吗?"

"没什么啦。"被节子这么一说,正合我意,"我不是一直都这样吗?"

"不要老是待在病人身边,出去散散步吧。"

"天这么热,怎么去散步呀……晚上又太暗……而且,我每天都在医院里走来走去呀。"

为了不让这样的对话继续下去，我便把每天在走廊遇到的其他患者的事拿来当作聊资。我跟她说起几位少年患者经常在阳台边上，把天空比作赛马场，把浮云比作各种各样的动物；讲总是挽着陪护护士的胳膊，漫无目的地在走廊走来走去的一个严重神经衰弱、个儿高得出奇的患者。只有那个十七号病房的病人，我虽然一次也没见过他，但每次经过他的病房，都会听到令人毛骨悚然的咳嗽声。我想，他应该是这个疗养院里最严重的患者……

虽然已近8月末，但令人难以入眠的夜晚还在持续。有一天晚上，当我们辗转难眠时（早就过了就寝时间的晚上9点了），对面的一栋住院楼里不知为何骚动起来，还不时夹杂着小跑似的脚步声、护士压低嗓门的呼叫声，以及器械尖锐的碰撞声。我不安地侧耳倾听了一会儿，以为总算平静下来了，而随即与之相同的奇异声响，几乎同时从每栋住院楼里响起，那最后的声响正是从我们楼下传来的。

我大概知道，此时，风暴一样席卷疗养院的是什么。我曾好几次竖起耳朵，听着熄灯后同样无法入睡的节子的动静。节子躺着似乎一动不动，连个身都不翻。我也一动不动地一直屏住呼吸，等待着那风暴自行消退。

到了半夜，风暴貌似已经退去，我不由得松了口气，稍微睡了一会儿。突然，隔壁的节子发出好像一直强忍着的两三声神经性的咳嗽声，我立即醒来。咳嗽声像是马上就止住了，但我放心不下，便悄悄地走进隔壁病房。黑暗之中，只见节子一个人睁大眼睛，胆怯似的看着我。我什么也没说，走到她身边。

"现在还好。"

她勉强微笑着，用我几乎听不见的低声说道。我依旧一言不发，在床沿坐下。

"请待在那里吧。"

节子一反常态，脆弱地对我说道。我们就这样整夜没有合眼，直到天亮。

这件事发生后，过了两三天，夏天便匆匆消逝了。

※　※　※

到了9月，有点狂暴的雨下下停停，之后几乎便是持续不断的连连骤雨，仿佛在树叶枯黄之前，想先让它们腐烂掉似的。就连疗养院的每一个病房，也都是天天紧关着窗，使得室内光线昏暗。风不时地吹动门，从后面的杂木林中传来单调而沉闷的声响。无风的日子，我们整天听着雨水顺着屋顶滴落在阳台上的声音。就在雨水似雾的清晨，我透过窗户，茫然地俯视着阳台对面狭长的中庭，似有几分微明。这时，从中庭的另一头，一位护士正一边冒着雾一般的雨朝这边走来，一边采着盛开的野菊花和波斯菊。我认出她是十七号病房的陪护护士。啊，那个总是咳嗽不止，听起来瘆人的患者说不定已经死了。我刹那间想到这些，看着那个被雨淋湿的护士兴奋地采花的身影，霎时觉得很揪心。

"这里，最为严重的果然就是那家伙吗？若那家伙真的死了，那下一个呢？啊！院长要是没跟我说那些话，该多好……"

看着护士抱着一大束花消失在阳台的阴影下，我呆呆地把脸贴近窗玻璃。

"你在看什么呢，看得那么入迷？"病床上的节子对我说道。

"一位护士在这么大的雨中，竟然跑到院子里摘花，不知道她是谁。"

我一边自言自语地回答，一边默默离开窗边。

然而，那天不知何故，我一整天都没有正视节子一眼。节子看出了我的异常，只是故意做出什么都不知道的样子，有时还目不转睛地盯着我，反而使我更加难受。我思考再三，像这样各自抱着无法彼此分享的不安与恐惧，两个人渐渐各怀心思，如此下去是不可取的。一想到这一点，我就想努力早忘掉此事。但事与愿违，满脑子都是这件事。到后来，我明明都淡忘了，却意外想起跟节子抵达疗养院的第一天那个雪夜她所做的不吉利的梦——在那个奇怪的梦中，节子变成一具死尸躺在棺椁里。人们抬着棺椁，穿过不知是哪里的原野，进入森林。已经死去的节子，在棺椁中清楚地看到寒冬枯萎萧瑟的原野和黑松林，听见天空呼啸而过的风声。即使从梦中醒来，她也清楚地感受到自己耳朵的冰冷，以及冷杉的沙沙作响……

雾一样的雨持续不停的数日间，已经到了另一个季节。疗养院里的情况也有所变化，仔细留意发现，疗养院中那么多的病人也都一个接一个相继出院，只剩下不得不在此过冬的重病患者，院内又回到夏日前的寂静。而十七号病房患者的死，更凸显了这种寂静。

9月末的一个早晨，我无意中从走廊北侧的窗户向屋后的杂木林望去，看见平时无人涉足雾霭弥漫的树林间，一反常态地有人进进出出，感觉到异样，我试着向护士打听，她们却都是一脸茫然，什么也不知道。此后我也淡忘了有这么一回事，可翌日一大早又来了两三个帮工，在薄雾中隐约看见他们似乎在山坡边上砍伐着栗树。

那天，在患者都不知道消息之前，我偶然听说了前一天发生的事。那位情绪不稳、神经衰弱的患者在那片树林里上吊自杀了。我这才注意到，那个每天都能看到好几次的、挽着护士胳膊在走廊里走来走去的大个子男人，从昨天便不见了踪影。

"轮到那个男人了吗？"自十七号病房的患者死去之后，变得有点神经质的我，在得知不到一周内接连发生意想不到的两起死亡事件时，不禁感慨万千。甚至从这种阴惨的死亡中感受到的不舒服，都为之变得浑然不觉了。

"就算节子病情的严重程度仅次于死去的那个人，她也不是一定就会死去的。"我轻松地宽慰着自己。

后面树林里的栗树只被砍掉了两三棵,不知为何却给人一种欲盖弥彰之感,帮工们继续挖掘着山丘边上的土,再从那里沿着稍微有点陡的斜坡,把土运往下方住院楼北侧的空地上,开始把那一带修成平缓的斜坡。人们正着手把那里建成花坛。

✤　　✤　　✤

"是父亲寄来的信呢。"

我从护士拿来的一沓信件中抽出一封交给节子。她仍在床上躺着,接过了信,旋即变得像个少女,两眼泛光,读起了信。

"哎呀,父亲说要过来呢。"

正在旅行中的父亲特意写来信说,他将借归途之便,于近日内来疗养院一趟。

那是10月晴朗的一天,风有点大。这段日子因一直卧床导致食欲不振、明显有些消瘦的节子,从那天起就强迫自己多吃饭,还会时而起身、时而坐在床上活动身子,脸上常常浮现出若有所思的笑意。我想，那应该是只有在父亲面前才流露出的笑意吧。我也乐见节子的这种状态，事事都听任她。

几天过后的一个下午，父亲终于来了。

他的脸看起来比以前老了一些，但更引人注目的是他的驼背。这好像使得他看起来很害怕医院的气氛。就这样，他一走进病房便在节子的枕边坐了下来。也许是这几天的活动有些过度，从昨晚她就有点发烧，在医生的叮嘱下，她的期待也落了空，从早上开始她就一直躺在床上静养着。

父亲满心以为节子就要痊愈了，没想到她仍卧床不起，因而显得有些不安。他像调查原因似的，开始仔细地环视病房，观察着护士们的一举一动，甚至还走到阳台上，这里的一切也似乎让他感到放心。过了不久，看见节子那与其说是由于兴奋，不如说是由于发烧脸颊上才露出变成玫瑰色的潮红，他像要说服自己相信女儿的病情有所好转似的，念念有词道："不过，脸色还是不错的嘛。"

我借口有事离开病房，让他们父女俩独处一会儿。过了不久，我再进去一看，节子已经坐在床上，被子上摆满了父亲带来的点心盒和其他包装纸。这些都是父亲认为的她少女时代喜爱的东西，而且现在仍喜爱着。一看到我，节子就像做了恶作剧被发现的少女一样，满脸通红地收拾好，便马上躺下了。

我感到有点不自在，便与他俩隔开一段距离，坐在窗边的椅子上。父女俩用比刚才更低的声音，继续着被我打断的话题，内容大多是一些他们熟悉而我却不认识的人的近况。其中好多事情还带给节子和我无从所知的小小感动。

我把他们俩愉快交谈的场景当作一幅画观赏，并暗自做了一下对比，在他们的谈话中，从节子对父亲流露出的神态和抑扬顿挫的语调中不难看出，有一种充满少女青春气息的光辉在复苏。她那孩子般的幸福模样，让我幻想起我所不知道的节子的少女时代……

过了一会儿，室内只剩下我和她两个人，我走近她，在她耳边逗她：

"你今天简直就像一个我不认识的玫瑰色少女啊。"

"才不是呢。"她像个小姑娘似的用双手捂住了脸。

✈　　✈　　✈

父亲逗留了两天后离开了疗养院。

出发前,父亲让我带路,在疗养院周围走了一圈。但那是为了和我单独交谈。那天,晴朗的天空不见一朵云彩,我指了指轮廓清晰的红褐色八岳山,父亲只是抬头瞥了一眼,便继续热衷于交谈。

"这里不太适合她的身体吧?都已经待半年多了,该有一点改善,但是……"

"是啊,今年夏天的气候都不是很好,而且,听说这种山里的疗养院还是冬天比较好……"

"若能挺到冬天或许不错……但不知道她能不能挺到冬天……"

"不过,节子似乎打算冬天也待在这里。"我有点焦虑,不知道该如何让父亲理解这山里的孤独孕育了多少我们的幸福,可一想到父亲为我们所做的牺牲,我便觉得难以启齿,因此只能继续和他对话。"嗯,好不容易来山里一趟,尽量多待一段日子吧。"

"……不过,你也会陪她一起待到冬天吗?"

"嗯,当然会的!"

"那真是麻烦你了……不过,你现在有没有在做工作?"

"没有……"

"不过,你也不能总是只顾照料病人,也得做点工作才是啊。"

"嗯,工作会做的……"我吞吞吐吐地说。

"是啊,我自己的工作丢下很长时间了,得想办法重新工作才是。"想到这里,我内心充满伤感。继而我们沉默良久,站在山丘之上,举目眺望从西边天空涌来的一片又一片鱼鳞云。

不久,我们穿过树叶泛黄的杂木林,从后面走回了疗养院。那天仍有两三个帮工在山丘上挖着地。从他们旁边走过时,我只是若无其事地说了一句:"听说要在这里修建花坛。"

傍晚,我送父亲到疗养院的停车场,回到病房一看,节子侧身躺在病床上,正剧烈地咳嗽不止。如此剧烈的咳嗽,至今从未有过。等咳嗽稍微缓和,我问她:

"怎么回事呢?"

"没什么……一会儿就好了。"节子好不容易说出这么一句,"把水拿给我。"

我拿起长颈玻璃瓶,把水倒入杯子里,端到节子的唇边。她喝了一口,稍微平静了一会儿,但转眼间剧烈的咳嗽又向她袭来。我看着痛苦地扭动着身子、就快要滚到床下的节子,却束手无策,只是不停地问:

"要叫护士过来吗?"

"……"

咳嗽停止后,节子仍然扭动着身子,看起来很痛苦,双手掩面,只是点了点头。

我叫了护士。护士把我丢在后面,快速跑向病房。当我尾随护士来到病房时,只见节子被护士双手搀扶,恢复了稍微轻松的姿势。但她只是呆呆地睁大眼睛。咳嗽似乎暂时停止了。

护士慢慢松开搀扶她的双手,说道:

"已经不咳嗽了呢……先这样待着,别乱动。"说着,便开始整理凌乱的毛毯。"我现在就去叫人给你打针。"

护士一边走出房间,一边对呆立在门口不知所措的我小声说:"有一点血痰。"

我这才走到她的枕边。

她呆呆地睁着眼睛,仿佛睡着了一样。我将她苍白的脸颊上旋涡状散乱的头发梳拢上去,用手轻轻抚摸着她冒着冷汗的前额。她像终于感受到了我温暖的存在，唇边隐约泛起谜一般的微笑。

※　　※　　※

绝对静养的日子在持续。

病房的窗户上，黄色的遮阳帘被拉下来，室内变得有点昏暗。护士们也踮着脚尖走动。我几乎一直陪在节子的枕边，夜间的陪护也由我一个人担任。有时，节子会看着我，似乎想说些什么。为了不让她开口，我立刻用手指竖在唇前。

这样的沉默，将我们分别引入各自的思绪里，不过，我们彼此都非常清楚地感受到对方在想些什么。所以，我以为在这件事中，节子恰好把为我付出的牺牲，变成了眼前可见的东西，就在我对此思虑再三的时候，节子又回到了节子。节子似乎觉得是因为自己的轻率，让至今两个人如此小心翼翼地培养起来的东西一瞬间灰飞烟灭，并对此深感懊悔。

而节子竟不以自己的牺牲为牺牲，却一味责备自己的轻率，这种楚楚可怜的复杂心情令我揪心。我让节子付出这样的牺牲,又在不知何时会化作灵床的病榻上,和节子一起享受这份愉悦。我们相信这才是让我们无比幸福的。它真的能让我们满足吗?我们现在所认为的幸福,难道不是比我们所相信的东西更短暂、更接近于反复无常吗?

因每晚陪护而力倦神疲的我,在浅睡眠的节子身边,左思右想着这些问题。我最近感到不安,感觉我们的幸福时常受到某种东西的威胁。

然而,危机在一周后过去。

有一天早晨,护士取掉病房里的遮阳帘,打开半扇窗户后离去。窗外炫目的秋阳照进室内,病床上的节子如获重生地感喟道:

"好舒服啊!"

我坐在节子的枕边翻阅报纸,思考着报纸上这些给人们带来很大冲击的现实讯息,每当时过境迁,又像没发生过一样显得与此无关。我瞥了节子一眼,情不自禁地揶揄道:

"就算父亲来了,你最好也不要那么兴奋啊。"

她满脸通红,温顺地接受了我的揶揄。

"下次父亲再来,我就假装什么都不知道好啦。"

"你要做得到才行呢……"

我们开着这样的玩笑,互相抚慰对方的心情,同时像孩子一样,把所有的责任都推到了她父亲身上。

因此,我们的心情变得愉悦轻松,仿佛这一周里发生的事情不过是微不足道的闪失,就像刚刚还在侵袭着我们肉体和精神的危机,轻而易举地就被我们冲破了。至少在我们俩看来是这样的。

某日晚上,我在她的病床边看书,忽地我合上书走到窗前沉思默想了一会儿。然后又返回她的床边,拿起书阅读。

"怎么了?"她抬起头问我。

"没什么。"我随口答道,遂装作专心看书的样子。但没过几秒钟,我便忍不住开口说道:

"来到这里以后,我还没做什么事呢。我想,接下来要不要做点什么工作。"

"就是嘛,工作不能不做呀。父亲也在担心呢。"她一本正经地说,"不要光是考虑我……"

"不,你的事情我当然要更多考虑……"当时,我立刻把瞬间浮现脑海中的某个小说的模糊构想捕捉出来,自言自语般地继续说道,"我想把你写进小说里,除此之外,其他事情已经不在我的考虑之中了。我们互相给予彼此的这种幸福——从大家都认为我们彼此的关系已经走到尽头开始的生之愉悦——这种不为人知、只属于我们俩的东西,我想把它置换成更确切、轮廓更清晰具体的东西。你明白我的意思吗?"

"我明白。"她像是在遵循自己的想法,随即回应道。

"如果是我的事,你随便写就好啦。"她对我轻描淡写地补充一句。

然而我坦率地接受了这句话。

"嗯,我想怎么写就怎么写啦……不过,这次得需要你的协助呢。"

"我也能帮上忙吗?"

"当然啦,希望你能在我工作的时候,身心充满幸福感,否则……"

与其一个人呆呆地想,不如这样两个人一起思考,更能让自己的大脑活跃起来,我感到很讶异,仿若被不断涌现的思想所推动,不由得在病房里走来走去。

"总是待在病人身边,会没精神的呀……你能不能出去散散步呢？"

"嗯，我也要工作啦。"我睁大眼睛，精神饱满地回答道，"我也会好好散步的。"

✿　　✿　　✿

我穿越那片森林，越过被大片沼泽阻隔的对岸林带，一望无际的八岳山麓映现在眼前。在更前方的森林邻接地带，坐落着狭长的小村落与倾斜的耕田，而其中的一处，就是红色屋顶如鸟羽展翅的疗养院建筑群，看起来显得矮小而清晰。

从一大早开始，我就不知道自己要走往哪里，任凭双脚迈动，沉湎于思绪之中，徘徊穿行在一片又一片森林中。此刻，凉爽宜人的空气里，变得小小的疗养院出乎意料地出现在我眼前，它不经意闯入视野的一刹那，猛地我就像从附身状态中清醒过来，将自己从在那栋建筑里被许多病人包围着却过得若无其事的异样生活中抽离出来。因此，在心中涌动出的创作欲望的不断驱使下，我开始将我们一个又一个奇妙的日子置换成一个异常有趣而安静的故事。"节子呀，我从未想过我们俩能如此相爱。因为之前你不曾存在,而我也是……"

我的思绪掠过发生在我们身上的各种事情,时而迅速流逝而过,时而则一直凝滞于一处,像是永远无休无止地踌躇着一样。我虽然远离节子,但在这段时间里从未间断跟她说话,倾听她的回答。我觉得我们俩的故事就像生命本身一样,没有终点。所以,那个故事不知不觉中开始依靠它自身的力量生长,置停滞于一处的我于不顾,编造出病魔缠身的女主人公悲戚的死亡,那简直就像故事本身想要的结局。预感到生命将尽,不遗余力地、努力快活地、优雅地让自己活下去的女孩,在恋人的怀抱里,只是为留在世上的恋人感到悲伤,自己却一脸幸福地走向死亡的女孩——这样的女孩肖像就如同画在空中一样清晰地浮现出来。

"男人为了让两个人的爱情更加纯粹,劝诱生病的女孩住进山里的疗养院,可是,在死亡威胁到他们时,男人渐渐怀疑,就算他们试图以这种方式获得完整的幸福,究竟又能否让他们感到满足呢?然而,女孩一边承受着死亡的痛苦折磨,一边对自始至终细心照料自己的男人充满感激地,并心满意足地死去。而男人因为这高尚的死者而被拯救,直到愿意相信他们所拥有的小小幸福……"

这样的故事结局仿佛就在前方伏击着我。刹那间，那女孩濒死的影像突如其来地猛烈冲击了我。我如梦初醒，一阵难以言喻的恐惧和羞耻袭上心头。似要将那些想法从身上抖掉一样，我从坐着的山毛榉的裸露的树根上猛然站了起来。

太阳已经高高升起。群山、森林、村落和田野——这一切都宁静地浮现在秋日的暖阳中。远处疗养院的建筑显得很小，想必里面的一切都在按部就班地重新开始。忽地，我的脑海里浮现出节子在陌生人之间孤寂的身影，独自一人孤零零地等着我，我蓦然忧心忡忡，急忙赶下山去。

我穿过后面的杂木林回到疗养院。随后绕过阳台，走进最靠边的病房。节子丝毫没有察觉到我，像往常一样用手摆弄着发梢，眼神带着几分悲伤凝望着天空。我本想用手指敲几下玻璃窗，又打消这个念头，目不转睛地看着她的姿影。她像在强忍着某种威胁，神情呆滞，并未意识到自己一脸茫然、若有所失的状态。我盯着她那陌生的身影，感觉心脏被猛地揪紧了一下。霎时，她的表情明朗起来，仰起脸，甚至还露出了微笑。原来她看见了我。

我从阳台走进病房,来到她身边。

"你在想什么?"

"没想什么……"她用不像自己的声音回答道。

我什么也没说,心情有些郁闷地沉默着。她似乎恢复了往日的自己,用亲密的语气问道:"你去哪儿了呀?去了那么长时间呢。"

"就是对面。"我随意指了一下阳台对面远处的森林。

"哦,走了那么远呀?工作有眉目了吗?"

"嗯,也许吧……"我不冷不热地回应,之后不久,两人回到以往的沉默。而后我贸然问道:

"你对现在这样的生活感到满意吗?"

我稍稍提高了嗓门。

听到突如其来的询问,节子露出畏缩的神情,随后便一直盯着我,深信不疑地点了点头,反问道:

"你怎么会问这样的问题呢?"

"我觉得啊,我们现在的生活,都是我一时的心血来潮造成的。我把那种东西看得太重,就这么把你也……"

"讨厌你说这样的话!"她急忙打断了我,"你说这种话,才是一时心血来潮呢。"

可是我对她的这番话，流露出不满的神色。节子感觉到我的不悦，忐忑不安地盯着我，终于再也忍不住似的开口说道：

"我在这里很满足，你难道不知道吗？不论身体怎么不舒服，我从来没有想过要回家。如果不是你陪在我身边，我真的无法想象自己会变成什么样子呢……就像刚才你不在，一开始我还硬撑着，心想你回来得越晚，等待你的心情就会越愉悦，所以一直忍耐着——可是，我以为你该回来的时间，却迟迟不见你的身影，到最后我就变得焦虑不安。这样一来，就连一直有你陪伴的这间病房，也变得陌生起来，吓得我差一点没从这间病房里跑出去……不过，后来我忽然想起你曾说过的话，心情才算平静下来。你不是曾对我这样说过吗？在很久很久以后的将来，若回想起我们现在的生活，该多么美好啊……"

她用渐渐沙哑的声音说完，扬起嘴角，带着一种似笑非笑的神情，直直地盯着我。

听着她的这番话，我的心情变得无比激动，但又害怕被她看到自己感动的样子，便悄然走到了阳台上。随后，在阳台上看到的景象，好像我们描绘出了我们幸福蓝图的那个初夏黄昏——在完全不同的秋日上午的阳光下,在带着秋凉、深不可测的光芒中,我凝望着眼前的风景。与那时的幸福类似,一股莫名而又揪心的感动充满了我的心胸……

冬

1935年10月20日。

下午,像往常一样,将节子留在病房,我走出疗养院后,穿过农夫忙于收割庄稼的田间,越过杂木林,走到山麓下人烟稀少的狭长村落,又走过小溪上的吊桥,在攀上村落对岸长满栗子树的低矮山丘的斜坡上坐了下来,在那里连续好几个小时,在明亮、寂静的氛围中构思即将动笔的故事。偶尔,我的脚下方会滚来孩子们摇落的栗子,果实掉落溪谷传来的声响也令我吃惊……

我很喜欢这种感觉,仿佛周围的所见所闻都在告诉我,我们生命的果实业已成熟,并催促着我们尽快收获。

太阳终于下山了,看到峡谷的村落完全隐入对面杂木林的树影之中,我慢慢地起身下山,再次走过吊桥,在水车哗啦哗啦响声四起的狭长村落中绕了一圈,遂想起节子在等待着我的归来,便沿着八岳山麓一带的落叶松林边缘,加快脚步返回了疗养院。

10月23日。

临近拂晓,我被近处异样的声音惊醒。于是我竖起耳朵听了一会儿,发现整个疗养院一片死寂。之后感觉睡意全无,再也无法入睡。

透过粘着小飞蛾的玻璃窗,我茫然地眺望发出微弱之光的两三颗晨星,渐渐地感到这样的清晨有种难以言喻的寂寥,便悄悄起身,似乎自己也不知道要做什么,光着脚走进依然笼罩在黑暗之中的病房,走到床边,俯身观看节子的睡颜。没料到她猛然睁开大眼睛,抬头看着我。

"你要干什么?"她讶异地问道。

我说不干什么,一边使个眼神,一边慢慢俯下身,有点忍不住似的将自己的脸紧贴在她的脸上。

"啊,好凉呀!"她闭上眼,微微挪动脑袋,头发微微飘香。就这样,我们相互感受着彼此的呼吸,脸颊久久地贴在一起。

"啊,又有栗子掉下来了……"她眯着眼睛看着我,喃喃自语地说。

"啊,原来是栗子呀……就是这些小东西刚才把我吵醒了。"

我稍稍提高音量说着,轻轻松开节子的手,走到不知何时渐渐亮起来的窗前。我倚窗而立,任由不知是从谁的眼睛渗出来的热乎乎的东西顺着我的脸颊慢慢流下,同时凝望着对面的山背上,几朵静止不动的云被染成混浊的红色,田地也传来了响动……

"这样你会感冒的呀。"她在床上小声说道。

我试图用轻松的语气回答,回头看着她。可一看到她那双睁着的大眼睛,我却一时说不出话。于是我默默地离开窗户,回到了自己的房间。

几分钟过后,节子发出了黎明时分惯有的、难以抑制的剧烈的咳嗽声。我再次钻进被窝,怀着不安的心情,听着节子的咳嗽声。

10月27日。

今天下午我又是在山上和林中度过的。

一个主题，终日萦绕在我的思绪中。真正的婚约主题——两个人在如此短暂的一生中，究竟彼此能给予对方多少幸福呢？在难以抗拒的命运面前，这样并肩站着的青年男女，静静地低下头，互相温暖彼此的心与心、身体与身体——身为这样的一对，看似寂寞却又不无欢愉的我们俩的形象，清晰地浮现眼前。对于这一主题，现在的我还能描写什么呢？

黄昏，我沿着山麓斜坡泛黄的落叶松林的边缘，比往常更早往回赶，远远望见在疗养院后面的杂木林尽头，站着一位身材高挑的年轻女孩，沐浴着落日余晖，夕光在她的发丝上闪耀。我驻足片刻。怎么看都像节子。因为她是独自一个人站在那里，无法断定是不是节子，所以我加快步伐走近一看，果然是节子。

"怎么回事？"我气喘吁吁地跑到她身边，问道。

"我在这里等你呀。"她脸颊泛红，笑着答道。

"你可不要乱来呀。"我从侧面看着她的脸。

"偶尔一次没关系啦……而且今天心情特别好。"她发出快活的声音说道，仍然目不转睛地望着我刚刚归来的山麓，"我老远就看到你走过来了。"

我什么也没说，站在她身边，眺望着同一个方向。

她又快活地说："在这里八岳山看起来好清楚啊。"

"嗯。"我只是漫不经心地应了一声，与她并肩眺望着八岳山，我顿然感到一阵不可思议。

"今天这样跟你肩并肩一起眺望这座山，还是第一次吧？可我觉得似乎跟你这样眺望过很多次呢。"

"那怎么可能呢？"

"不，对了……我现在才想起来……我们俩啊，在很久以前，就在这座山的对面像今天这样一起看过它。不过，我和你看它的时候是在夏天，天空总是被云层遮挡，几乎什么也看不到……可是到了秋天，我一个人去那里一看，在遥远的地平线尽头，从与现在相反的一侧看到了这座山。当时根本不知道从远处看到的是哪座山，好像就是这座。正好就是这个方向……你还记得那片芒草丛生的原野吧？"

"嗯。"

"可真是奇妙啊！我竟然在那座山的山脚下，毫无察觉地跟你生活在一起……"正好在2年前，秋日的最后一天，我们从茂密的芒草中第一次清晰地看到地平线上这片绵延不绝的远山，怀抱着一种近乎可悲的幸福感，梦想我们俩有朝一日总会喜结连理。那历历在目的自身影像令人怀念，此刻正鲜明地浮现在我的眼前。

我们陷入了沉默。遥望着候鸟成群结队无声地从上空飞越层峦叠嶂的群山，我们满怀着初恋时的爱慕之情，并肩伫立，任由我们的影子在草地上缓缓拉长。

过了不久，起风了，我们背后的杂木林变得嘈杂起来。我仿佛一下子想起来似的对她说："咱们差不多该回去了。"

故此，我们走进落叶纷飞的杂木林。我不时地停下脚步，让她走在前面。2年前的夏天，我只是想好好打量她，总是刻意让她走在我前面两三步，在森林中散步的各种小小回忆，溢满心头。

11月2日。

夜里，一盏灯让我们靠得很近。灯光下，我们习惯了相对无言，我继续写着以我们的生之幸福为主题的故事，在灯罩阴影下微暗的床铺上，节子安静地躺着，我几乎无法感受到她的存在。有时我转过脸看她，看到节子也正好在盯着我看。那充满爱意的眼神仿佛在说："能这样待在你身边，我就心满意足了。"啊，这给了我多么大的鼓励，让我相信现在我们所拥有的幸福，将促使我努力把我们的情感转化为有形之物！

11月10日。

冬天来临。天空辽阔无边，群山看起来越来越逼近。在群山上方，像雪云一样的积雪岿然不动。在这样的早晨，阳台上栖息着很多不常见的小鸟，也许是被一场雪赶出山了吧。这些雪与云都消退之后，山巅上会泛着白光，有时会持续一天。最近，好几座山的山巅上都残留着醒目的白雪。

几年前，我常常梦想在这种冬日寂寥的山区，与可爱的女孩两人独处，过着完全与世隔绝、相亲相爱的生活。我想让自己在那种让人惧怕的残酷的自然之中，实现从小就憧憬的美好人生理想。为此，我觉得必须在这样真正的冬天，在寂寥的山区生活，才能实现我的理想……

天快亮的时候，我趁着沉疴的节子还在熟睡时悄悄起床，神采奕奕地走出山中小屋，奔向雪地。四周的群山沐浴着曙光，闪耀着玫瑰色的光芒。我从隔壁农家要来了刚挤出的山羊奶，快被冻僵了才返回山中小屋。然后给暖炉添柴，不久便听到噼里啪啦燃烧的声响。当节子被这声响吵醒时，我用已经冻僵的手,心情愉悦地把我们现在这段山中生活原模原样地记录下来……

今天早晨,我回想起自己几年前做过的梦,一边在眼前浮现出无法再现的版画般的冬景,一边喃喃自语,调整着圆木小屋中各种家具的位置。随后这种背景变得七零八落,支离破碎地消失,我的眼前,只有从梦中转化为现实中的景象:残留积雪的群山、光秃秃的树林、冷冽的空气。……

我一个人先吃完饭,把椅子挪到窗边,沉浸在这样的回忆中。这时我猛然看向节子,她刚刚吃完饭,顺势坐在床上,带着疲惫略显呆滞的眼神眺望着远山。我心疼地看着她凌乱的头发和憔悴的面容。

"难道是我的梦想把你带到这里来的吗?"我心里充满了近乎懊悔的情绪,却没说出口,只是在心里倾诉道:

"话虽如此,最近的我却一心只想着自己的工作。即使像这样在你身边时,我也丝毫没有考虑你现在的情况。尽管如此,我还偏要说给你,也说给我自己听,说什么我一边工作一边更加想着你。于是不知不觉,比起你的事,我逍遥地在那些无聊的梦想上浪费了更多时间……"

也许是注意到了我欲言又止的眼神,节子在病床上面无笑意，一本正经地看着我。这段日子，不知不觉间我们已经养成了一种习惯，在比以前更长的时间里互相对视，仿佛要将彼此紧紧地绑在一起。

11月17日。

再过两三天，我就应该能写完这篇笔记。若是写我们自己的这种生活，故事可能就不会终结。为了能够把故事写完，我必须给它一个结局，然而，即使现在我还是不想给我们继续的生活任何结局。不，应该是无法赋予吧。或许以我们现在的生活原型来作为结局最好吧。

现在的生活原型？我想起在某部小说里读到的一句话："没有什么比幸福的回忆更妨碍幸福的了。"如今我们给予彼此的幸福，与我们过去曾经给予彼此的相比，有很大不同！它与我们所说的那种幸福类似，又千差万别。那是更让人感到揪心的幸福。对于这种还没完全将真面目展现在我们生活表面上的东西，我穷追不舍，这样是不是就能从中找到与我们的幸福故事相对应的结局呢？不知为何，我总觉得在尚未弄清的我们人生中的另一面，潜藏着对我们的幸福怀有敌意的东西……

我无法冷静地思考这些问题，关上灯，走过已经入睡的节子身边，突然停下脚步，看着节子在黑暗中微微浮现的白净睡颜。稍微凹陷的眼眶偶尔会痉挛似的颤动，在我看来犹如受到了什么威胁。难道这只是我自身难以言喻的不安产生的错觉吗？

11月20日。

我把迄今为止写的笔记完全重读了一遍。我觉得写出了自己的意图，要写到满意为止。

与此同时，我继续读着这篇笔记，却无法完整地体味到足以构成故事主题的我们自身的"幸福"，而是意外地发现故事里不安的自己。于是，我的思绪不知不觉地脱离了故事本身。"在这个故事里，享受着被我们彼此允许拥有的那份微不足道的生之欢愉，相信只有这样才能让彼此拥有独一无二的幸福。至少我以为这样就能束缚自己的心。然而，是我们把目标定得太高了吗？还是我把自己的生之欲求看得太过于轻率？难道正是出于这个原因，我才无法挣脱自己内心的束缚吗？"

"可怜的节子……"我将笔记扔到桌子上，暂时不予理会，继续思考。"这丫头像是在沉默中看穿了我佯装不知的生之欲求，并对此寄予同情，这一点让我痛苦不已……为何我不能瞒过她呢？为何我这么软弱呢？"

我将目光转移到躺在灯影下的节子身上，她从刚才就半闭着眼，夜空中有一个小月牙。我离开灯光，静静地走向阳台。夜空中有一个小月牙，依稀可见云雾缭绕的山峦、丘陵，以及森林的轮廓，除此之外几乎都融入了淡青色的黑暗中。可是，我看到的并不是这些。我在心中所想的是在某个初夏的傍晚，我们满怀难舍难分的悲悯，一同眺望着山峦、丘陵和森林。至今它们仍原封不动清晰地保存在我们的记忆之中。那一刻，甚至连我们自己都变成了风景，之后反复重温这种风景，不知不觉地，这些风景也成为我们生命的一部分，并且随着季节的更迭而变化，有时我们真的看不到眼前呈现出来的真实样子……

"我们拥有过那么幸福的瞬间，仅为这一点，我们就值得这样一起生活吗？"我问自己。

我身后忽然传来轻轻的脚步声。那一定是节子。但我没有转过身，仍站立不动。她也一言不发，站在离我几步远的地方。可是，我觉得她离我很近，甚至能感觉到她的呼吸。

冷风不时地掠过阳台,无声无息,使远处的枯树发出声音。

"你在想什么?"她终于开口问道。

我没有马上回答。而后忽然转向她,露出含糊的笑,反问她:

"你应该知道吧?"我回答道。

她仿佛害怕什么圈套似的小心翼翼地看着我。见此情景,我说:

"当然是在考虑自己的工作啦。"我放慢语速继续道,"我怎么也想不出一个好的结局。我不想让结局以我们虚度年华的方式结束。怎么样,你不想跟我一起来考虑一下结局吗?"

她对我微微一笑。不过,她的笑容里似乎还带着不安。

"可是,我都不知道你写了些什么呢。"她小声嘀咕了一句。

"那倒也是啊。"我又一次含糊地笑着说,"那我什么时候读给你听听吧。不过呢,第一稿还没写到可以读给别人听的程度。"

我们回到房间里。我再次坐在灯下,重新拿起扔在那里的笔记本来看,节子站在我背后,手轻轻搭在我的肩上,越过我的肩膀看着笔记本。我转身以干涩的声音说:

"你该睡了。"

"嗯。"她顺从地应了一声,犹豫地让手离开了我的肩膀,回床上躺下。

"有点睡不着呢。"过了两三分钟,她在床上自言自语地说。

"那我把灯关了吧?我也该睡了。"说着,我关了灯,起身走到她的枕边,然后坐在床边,拉起她的手。我们就这样在黑暗中沉默了很久。

风貌似比刚才更大了。那是从四周的森林频频传来的声响。还不时撞到疗养院的楼群,让不知何处的窗口啪嗒啪嗒作响,最后把我们的窗户也吹得咯吱咯吱响。节子像是被这声响吓到了似的,一直抓着我的手不放。接着紧紧闭上双眼,想让自己静下心来入睡。过了一会儿,她的手渐渐松开。似乎睡着了。

"接下来,该轮到我了……"我一边嘀咕着,一边走进自己漆黑的房间,让跟她一样毫无睡意的自己躺在床上睡觉。

11月26日。

最近,我常常在天快亮时醒来。每当此时,我会悄悄起床，仔细盯着节子的睡颜看一会儿。床沿和瓶子都渐渐被晨光染得发黄，只有她的脸永远还是那么苍白。"真是个可怜的丫头。"这句话几乎成了我的口头禅，有时连我自己都不自觉地脱口而出。

今天早上，我在天亮时醒来，久久地端详着节子的睡颜，然后踮着脚尖走出房间，走进疗养院后面光秃秃的树林。每棵树上都只剩下两三片枯叶，对抗着寒风。当我走出那片空荡荡的树林时，刚刚从八岳山顶滚过的太阳将低垂在由南向西屹立的群山上的云团转眼间染成一片赤红。不过，曙光似乎还无法照射到大地上。夹在群山之间的冬日枯林、田野和荒地，此刻看起来仿佛被世界抛弃了一样。

我有时会在枯树林的尽头停下脚步，因寒冷下意识地跺着脚，在那里走来走去。连自己都记不清当时想了些什么，我猛地抬起头，发现天空不知何时已被暗云遮挡。我本来期待如燃烧般美丽的曙光照耀到大地上，看到现在这样的天空，心情顿时变得乏味，只好加快步伐，匆匆返回疗养院。

节子已经醒了。即使看到我回来，也只是忧郁地朝我抬了抬眼。而且脸色比刚才睡着时更加苍白。我靠近枕边，抚摸着她的长发，正想要亲吻她的额头，她却微弱地摇了摇头。我什么也没问,只是悲伤地看着她。与其说她刻意不看我,不如说她是不愿看到我的悲伤,用茫然的眼神望着天空。

夜晚。

什么都不知道的只有我。上午的诊察结束后,我被护士长叫到走廊上。我这才听说节子今天早上在我不知情的情况下咯出了少量的血。她没有告诉我这件事。咯血的程度虽然还谈不上危险,但为了慎重起见,院长吩咐暂时安排一名陪护护士。对此,我除了同意别无选择。

我决定暂时搬到隔壁正好空着的病房。此刻,我独自一个人在这间跟我们同住过的一模一样,却又感觉十分陌生的病房里写着日记。尽管我已经在这个病房坐了几个小时,但总感觉这间病房依然空空荡荡,仿佛空无一人,就连电灯都闪着冷冷的光。

11月28日。

我把即将写好的小说笔记放在桌子上,根本没心情去翻动。为了完成它，我告诉节子，两个人最好分开住一段时间，各自生活。

可是，现在我怀着不安的心情，如何一个人走进笔记中所描绘的我们曾经如此幸福的状态里去呢？

每天，每隔两三个小时，我就去隔壁的病房，在节子的枕边坐一会儿。因为很忌讳让节子常常说话，所以我们几乎都一言不发。护士不在的时候，两个人也只是默默地手拉着手，尽可能不去看对方。

可是，每当无意间眼神交会，节子就会像我们初恋时那样露出羞涩的微笑，但她马上转过去望向天空，平静地躺着，她对自己的这种状态没有丝毫抱怨。她曾一度问我工作是否有进展，我摇了摇头。那时她用怜惜的眼神看了看我。但从那以后，她就再也没问过我工作这件事。每一天都和其他日子相同，仿佛什么事都没发生过一样风平浪静。

她甚至拒绝由我代笔给她父亲写信。

夜里，我什么也不做地一直伏案到很晚，落在阳台上的灯影离窗口越远，光线就显得越微弱，被四面涌来的黑暗包围，跟我的内心世界毫无二致。我边想边出神地看着。心想："说不定节子也睡不着，在想着我……"

12月1日。

到了这个时节，不知何故，追逐灯光的飞蛾又大量繁殖起来。

夜里，飞蛾不知从何处飞来，猛烈地撞在紧闭的玻璃窗上，虽然因撞击让自己受伤，但还是不放弃求生，拼命地想在玻璃上撞出个洞来。我感到烦躁，遂关了灯躺在床上，飞蛾疯狂的振翅声还是持续了很久，而后渐渐减弱，最后静静地紧抱着某处。翌日清晨，我在那扇窗下一定会发现形同枯叶的飞蛾尸骸。

今晚也有那么一只飞蛾终于飞进了病房，从一开始就绕着我对面的灯一圈又一圈地飞。不一会儿，啪嚓一声掉落在我的稿纸上，之后很久一动不动，随后像终于意识到自己还活着，它又急忙展翅飞起。只能看出飞蛾自己都不知道自己在做什么。接着，又啪嚓一声掉落在我的稿纸上。

我感到异样的恐惧，没有驱赶那只飞蛾，反而毫不关心地任由它死在自己的稿纸上。

12月5日。

傍晚,病房里只剩下我们两个人。陪护护士刚刚去吃饭了。冬日的太阳已沉落西山,斜阳照亮渐渐冷冽的房间。我坐在节子枕边,把脚放在取暖器上,微微弓身看着手里的书。这时,节子低声叫道:

"啊,父亲!"

我一惊,连忙抬起头来看着她。我发现她的眼睛比以往更加明亮了。但我装作没听见刚才的叫声,不痛不痒地问:

"你刚才说什么了吗?"

节子好久没有回答,眼睛看起来却更加明亮。

"那座矮山的左侧,不是有个被阳光照到的地方吗?"她像最终下定了决心,在病床上用手指了指那个方向,然后像有什么难以启齿的话说出口,把手指贴在自己的嘴边说,"每到这个时候,那里就会出现跟父亲的侧脸一模一样的影子……你看,现在正好出现啦,你看不出来吗?"

顺着她手指的方向望去,我马上明白节子所说的是哪一座矮山，但我看不出来斜阳余晖清晰地浮现出的山坳像什么。

"已经消失了……啊，只剩下额头了……"

这时，我才总算认出那山坳一带很像她父亲的额头。看起来确实能联想起她父亲的侧脸。"连这样的远景都不放过，这丫头在心中这么寻求着父亲吗？啊，这丫头还是全心全意地感受着父亲，呼唤着父亲……"

然而，转瞬之间，黑暗已经完全弥漫了那座矮山，所有的影子都消失不见了。

"你想回家了吧？"我无意识地说出脑海中浮现的一句话。

说完后我立刻不安地看着节子的眼睛。她用冷淡的眼神与我对视，蓦地转过脸用沙哑的声音说：

"嗯，不知为什么，我想回家了。"

我咬着嘴唇，悄悄地离开病床，走向窗边。

在我背后，节子以微微颤抖的声音说："对不起……不过，就刚刚那么一会儿……这种情绪很快就会好的……"

我抱臂站在窗前，默默无言。群山的山脚下已经一片黑暗，但山顶上仍飘浮着幽幽的光芒。霎时我的喉咙像是被紧紧勒住，一阵恐怖向我袭来。我迅速转身看向节子，只见她双手捂着脸。我觉得仿佛要失去一切,充满不安地跑到床边,把她的手从脸上强行移开。她没做出任何反抗。

饱满的额头,闪烁着平静之光的眼睛,紧闭的嘴角——这些都没有丝毫改变,看起来甚至比平时显得更加不可侵犯。反观自己,却像个孩子,明明什么事都没有却那么胆怯。我顿时觉得浑身无力,颓然瘫软地跪在地上,把脸埋在床沿里,然后就这样一动不动久久地把脸贴在床上。节子用手轻抚着我的头发……

病房里也暗了下来。

死荫山谷

✲

1936年12月1日，于K村。

几乎三年半没再涉足的这个村庄，已经完全被雪覆盖。据说从一周前就开始一直下雪，今天早上雪终于停了。从村里请来帮忙做饭的年轻女孩和她的弟弟一起，把我的行李放在那个男孩的小雪橇上，送到我打算在那里过冬的山中小木屋。我跟在雪橇后面，途中好几次差点滑倒。山谷背阴里的雪已经冻得硬邦邦……

我租的小屋位于村庄北侧的一个小山谷，那里很早以前就建了许多供外国客人度假的别墅，我租的小屋应该是别墅最边上的那一栋。来这里避暑的外国人把这个山谷称为"幸福谷"。在这样一个人烟稀少、荒凉孤寂的山谷里，究竟哪一点才称得上"幸福谷"呢？我看着路两旁被大雪掩埋着的一栋栋废弃的别墅，跟在他们俩身后缓慢地爬着山坡，突然，我差点脱口而出对面山谷的名称。我犹豫了一下，遂改变主意，最终说了出来——死荫山谷。没错，这个名字很适合此地，尤其是对严冬打算在此度过鳏夫般孤寂日子的我来说。想着想着，直到抵达我租的那栋最边上的小屋前。一个小小的阳台，屋顶用树皮铺就，小屋周围的雪地上留下了许多来路不明的脚印。年轻女孩率先走进关着门的小屋里，将遮雨窗逐一打开，她的小弟弟指着那些形状各异的足迹告诉我：这是兔子的，这是松鼠的，那是野鸡的。

之后，我站在半被雪掩埋的阳台上，环顾四周。从阳台往下看，刚刚来时爬过的山谷背阴面，构成了山谷美丽如画的一部分。啊！那位刚才乘着雪橇先返回的小弟弟的身影，在光秃秃的树木间若隐若现。我目送着他可爱的背影消失在下方的枯树林中，同时把山谷环视了一遍。这时小屋里好像也被年轻女孩收拾完毕了，我这才走进去。墙壁贴满了杉树皮，没有天花板，比想象的更为粗糙简陋，却不会让人觉得不舒适。我接着也上二楼看了看，从床到椅子等家具都是两人份的。就像是特意为你我安排好的一样。这么说来，以前我是多么向往和你在这样的山中小屋过着孤独的生活啊！

傍晚，饭菜做好后，我打发那个年轻女孩回去。随后我一个人把一张大桌子移到壁炉旁，决定以后写作与吃饭都在桌子上进行。这时偶然发现墙上的挂历还停留在9月，遂起身将它撕到今天的日期为止，然后打开时隔一年未曾翻开的笔记本。

12月2日。

北边的某一座山似乎不停地刮着暴风雪。昨天看上去还触手可及的浅间山，今天却完全被雪云覆盖，云层深处看上去风雪翻滚，甚至波及山脚下的村庄，虽有阳光不时地照进来，但雪仍是不停地漫天飞舞。不知怎的，边缘处的雪飘到山谷的上空，山谷对面一直向南延伸的群山附近是一片清楚可见的蓝天，但整个山谷一下子阴沉起来，刮起一阵猛烈的暴风雪。刚这么一想，太阳又照了进来……

我来到窗边，眺望山谷里变幻莫测的景象，又立刻返回暖炉旁。也许是这个缘故，我心神不定地度过一整天。

中午时分，背着包袱的年轻女孩穿着日式白布袜踏雪赶来。她的手上和脸上布满了冻疮，但她看起来很朴实，且不善言谈，这一点令我非常满意。就像昨天一样，准备好饭菜后我马上就让她回去了。然后，我的一天就像结束了一样，一直没离开暖炉,什么也不想做,只是呆呆地看着柴火被偶然吹来的风扇动,发出噼噼啪啪的声响。

就这样夜幕降临。一个人吃完冷饭冷菜,我的心情也平静了不少。雪好像也停了,也没造成什么不便,却刮起了风。只要炉火稍弱,噼啪声就会消停,从山谷外吹来的一阵强风,穿越枯树林,呼啸声由远而近。

又过了个把小时,我因为不习惯炉火而稍感头晕,便走出小屋去呼吸外面的空气。我在漆黑的屋外溜达了一会儿,脸被冻得冰凉,正想要返回小屋,却发现细细的雪片正飘舞在小屋流泻出来的灯光中。回到小屋,我再次靠近炉火,想烤一下微微濡湿的身体。然而,就在靠近炉火时,不知不觉中像是忘记了自己的身体在烤着炉子,模糊地想起自己心中的某段回忆。那是去年的这个时候,在我们俩入住的山中疗养院周围,就像飘雪的今夜,我一次又一次地站在疗养院门口,心切地等待着被电报传唤赶来的父亲。午夜时分,父亲终于到了。然而,你只是瞥了父亲一眼,唇边浮现出一丝难以觉察的微笑。父亲一句话也没说,只是静静地看着你憔悴的脸,并不时向我投来不安的眼神。我装作没有注意到,专注地盯着你看。这时,你的嘴角瞬间抽动了几下,我走到你跟前,你用微弱得几乎听不清的声音对我说:"你的头发上有雪……"

此刻,我一个人孤单地蹲在炉火旁,被突然复苏的记忆所诱发,我下意识地用手拢着自己的头发,发现自己的头发似湿非湿地冰凉。在此之前,我丝毫没有觉察到……

12月5日。

这几天天气晴朗得异常。早晨,朝阳洒满整个阳台,也没有风,舒适暖和。今天早上,我把小桌子和椅子搬到阳台上,面对被皑皑白雪覆盖的山谷,开始享用早餐。我一边吃着早餐一边想,像这样一个人独享美景实在是太奢侈了。无意间我望向眼前那棵枯萎的灌木根部,却发现不知何时来了两只野鸡正绕来绕去地在雪中觅食……

"喂,快来看啊,有野鸡了。"

我想象着你就在这间小屋里,一边小声自语,一边屏息凝神地看着那只野鸡。我甚至担心你一不留神会发出脚步声……

就在此时,不知哪栋屋顶上的积雪轰隆一声坠落,响彻山谷。我吓了一跳,目瞪口呆地看着两只野鸡仿佛从我的脚下飞逃而去。与此同时,甚至以为你就站在我的身边,仍然一语不发,只是睁大双眼,久久地盯着我。

下午,我第一次走出小屋,沿着下坡路绕着雪中的村庄转了一圈。对只在夏秋来过这个村庄的我来说,此刻见到的被白雪掩埋的森林、道路,以及被封住的小屋,每一个都似曾相识,却怎么也想不起来它们以前是什么模样。沿着我以前喜欢走的水车小道,不知何时建起了一座小小的天主教堂。而且在那用实木建造、被雪覆盖着的美丽的尖顶下,甚至能看到已经发黑的墙板。这更增添了我对此地的陌生感。后来,我踏着很深的雪,走进经常和你一起漫步的森林,直到我认出了一棵似曾相识的冷杉。可是,当我走近一看,冷杉中忽然传来尖锐的鸟叫声。我在树前停住,一只我从未见过的、蓝色羽毛的小鸟仿佛受到惊吓似的振翅飞逃,栖息在别的树枝上,再次发出嘎嘎的叫声,仿佛在挑衅我。我很不情愿地默然离开了那棵冷杉。

12月7日。

在集会堂旁边冬日枯槁的树林里,我突然听到了两声杜鹃的啼鸣。那啼鸣似乎很远,又仿佛很近,我用目光在光秃的树干和枯萎的草丛上的天空搜索,却再也没听到杜鹃的啼鸣。

连我都觉得这是自己听错了。但在此之前,那一带的光秃的树干、枯萎的草丛,以及天空,早已恢复了令人怀念的夏日模样,慢慢鲜活起来……

可是,3年前的夏季,我在这个村庄所拥有的一切都已消失不见,现在的我一无所有,这是我现在真正明白的一点。

12月10日。

这几天,不知为什么,我难以清楚地回忆起你的样子。有时感觉自己变得无法忍受这种孤独。就说今天早晨吧,填进暖炉里的柴火怎么也燃不起来,我变得十分急躁,真想粗暴地把柴火踢得乱七八糟。只有这种时候,我才会片刻感觉到你悒悒不乐地站在我身旁。我马上调整自己的心情,把柴火重新填进炉子。

又到了下午,我想在村子里走一走,便下了山。没想到此时正冰雪消融,道路泥泞不堪,鞋子很快沾满了泥巴,脚沉重得举步维艰，走到一半就掉头返回。回到雪冻得硬邦邦的山谷时，不由得松了一口气，但接着还得继续爬一段让人气喘吁吁的上坡路。于是，为了鼓励自己那颗动辄要泄气的心，我想起了记得不太确切的诗句："即使行走在死荫山谷，我也不怕遭遇伤害，因为你与我同在……"于我而言，这些诗句也只让我倍感空虚。

12月12日。

傍晚，当我沿着水车小道路过那座小教堂时，看见一位像是勤杂工的男子正在雪泥上撒着煤渣。我走到男子身旁，随口询问他："这个教堂冬天也一直开门吗？"

"今年的话，两三天内就要关门啦。"那个勤杂工暂停下撒煤渣的手，回答道，"去年整个冬天都是开着的，可是今年，神父要去松本那边……"

"这样的严冬，村子里也会来信徒吗？"我有点唐突地问。

"几乎没有……基本上都是神父一个人每天做弥撒。"

就在我们站着攀谈的时候，德国人神父正好从外面回来。这次轮到我被这位日语只会讲一言半语但看起来和蔼可亲的神父留住，东拉西扯了一阵。最后，他像听错了什么，不停地劝我明天的礼拜日一定来做弥撒。

12月13日，星期日。

上午9点前后，我一无所求地去了那座教堂。在燃着小蜡烛的祭坛前，神父已经和一位助手一起做起了弥撒。我既不是信徒，也非教会的相关人员，不知该如何是好，只好不弄出任何动静地坐在稻草编制的最后一排椅子上。眼睛渐渐适应了室内的昏暗，才发现一直以为空无一人的信徒席最前排的柱子阴影里，跪着一位身裹黑衣的中年妇人。当我意识到那位妇人从刚才就一直跪在那里时，我瞬间感到教堂里寒气逼人……

弥撒又持续了将近一个小时。即将结束时，我看到那位妇人掏出手帕贴在脸上，但我不明白那是为了什么。不久，弥撒终于结束了，神父并没朝信徒席的方向回头，而是直接走进旁边的小房间。那位妇人仍一动不动，而我趁机也悄悄溜出了教堂。

那是一个半阴天。我怀着永远也不会被填满的失落心情，漫无目的地徘徊在冰雪融化的村庄中。我去了以前常和你一起画画的平原，那棵白桦树依然挺立在平原中央，我站在根部残雪未化的白桦树前,眷恋地将手扶在树干上,直到指尖差一点冻僵。那一刻,你的姿影一直没有在我心中浮现。最终,我怀着难以言喻的寂寞离开那里,穿过枯树林,一口气爬上山谷,回到了小屋。

我喘着气,不假思索地坐在阳台的地板上。这时,突然感到你正向心烦意乱的我依偎过来。但我佯装没看见,茫然地用双手托着自己的腮帮。这样的癖性,让我破天荒地感受到生动形象的你,就像你的手在爱抚着我的肩膀……

"饭已经为您做好了。"

貌似一直在小屋里等着我回来的年轻女孩叫我吃饭。我瞬时回到了现实世界,心想要是再让我静待一会儿该有多好。我一反常态,拉长着脸走进小屋。然后没跟女孩说一句话,像往常一样独自用餐。

临近傍晚,我心情不悦地打发女孩回去,可没过多久,我又开始后悔,再次悠然地来到阳台,又像刚才那样(不过这次你不在……)茫然地俯瞰着残雪随处可见的山谷,发现不知是谁一边缓缓穿过枯树林,一边环顾四周,慢慢朝着山谷爬上来。我继续俯瞰着,心想,这是要来找谁呢?原来是神父,像是在寻找我的小屋。

12月14日。

昨天傍晚,因为与神父约好,我走访了教堂。神父说明天教堂关门,马上要去松本,他一边跟我说着话,一边不时地去跟正在收拾行李的勤杂工交代事情。他再三念叨,本想在这个村庄里培养一名信徒,现在却又要离开,真让人遗憾。我立刻想起昨天在教堂看到的那位中年妇人,好像也是德国人。我正想向神父询问那位妇人的情况,恍然意识到神父是不是又误会了什么,以为在说我自己。

我们答非所问的对话变得莫名其妙,只好中断。于是,我们彼此不言不语,坐在热得过头的暖炉旁,透过玻璃窗眺望小小的云朵缓缓飘散在风势强劲的冬日晴空。

"如此美丽的天空,若不是起风了,在这样凛冽的寒天是看不到的。"神父漫不经心地说道。

"是啊,若不是起风了,在这样凛冽的寒天……"我鹦鹉学舌般地回应了一句,同时感到神父无意中说出的这句话,奇妙地触动了我的心……

在神父那里待了个把小时,等我回到小屋时,发现寄来了一个小包裹。那是我很早以前订购的里尔克的《安魂曲》和其他两三本书,包裹上贴了好几张转寄单,辗转投寄过几个地方，最后才寄到了我的住处。

晚上，我做好了就寝准备，听着风不时作响，开始在暖炉旁读里尔克的《安魂曲》。

12月17日。

雪又下了。从今天早晨开始就一直下个不停。映入眼帘的山谷再次变得白皑皑一片。越发进入深冬的感觉。今天，我一整天又在暖炉旁度过，偶尔像想起了什么走到窗边，郁闷地望一眼飘雪的山谷，然后又马上回到暖炉旁，埋头阅读里尔克的《安魂曲》。至今我仍不想让你安静地死去，也不会停止对你的寻求，深深为自己的软弱之心感到某种懊悔……

> 我有很多死者，我想让他们离去，
> 我非常吃惊，他们竟被那样告慰，
> 那样迅速地适应死亡，如此缓慢地，
> 与世间的传闻不同，他们与死亡如此融洽。只有你，
> 只有你会归来。你抚摸我，在周围徘徊。
> 当你触碰到某个东西，那些声响，

想告知我你在那里。啊,请不要从我身上祛除,

我努力学得的事物。

我是对的,错的是你。

倘若你对他人的事物怀有乡愁,

即使那事物就在眼前,

也并非存在于此。我们在感知它的同时,

会将它从自身的存在中映射出来。

12月18日。

雪终于停了,我想趁此机会,去还没涉足过的树林深处看看。偶尔会听到不知是从哪棵树上发出的扑通的声响,原来是树枝上的积雪坠落下来的声音,我沐浴着飞落的雪片,兴致勃勃地穿过一片又一片树林。显而易见,林中不见行人踪迹,有的也只是兔子蹦跳时留下的足迹。还时时会看到像是野鸡横穿道路的爪印……

可是,无论怎么走,都走不到树林的尽头,再加上雪云在树林上空蔓延扩散,我放弃了继续往里走的念头,中途折返而归。然而,我又迷了路,连自己的足迹都找不到了。我瞬间变得不安,踏着积雪,穿过树林,急切地朝着自己小屋

所在的方向往回走。不知不觉间,蓦然听到身后传来不是我而是另一个人的脚步声。轻得若有若无的脚步声……

我没有回头,快步走出树林。我感到胸口一紧,昨天读过的里尔克《安魂曲》里的最后几行不禁脱口而出。

> 不要回来。如果你能够忍受,
> 就在死者之间死去吧。死者也有自己的工作。
> 不过请帮我一把,只要不让你分心,
> 就像远方之物助我一样——在我心中。

12月24日。

晚上,村里的年轻女孩邀我去她家做客,度过了一个寂寞的圣诞节。冬天这里虽然是人烟稀少的山间村落,但一到夏天就会有很多外国人蜂拥而至,所以即使是普通的村民家也都效仿着过节娱乐。

晚上9点左右,我一个人沿着雪光照亮的山阴小道返回。走到最后一片枯树林时,我忽然注意到路旁覆盖着一大块积雪的枯草丛上,散落着不知从何处照来的微弱光线。我一边惊讶这道光线是怎么照到这里来的,一边环顾着别墅群分散林立的狭长山谷，才发现亮着灯的别墅只有一栋，位于山谷的最上方，好像就是我的小屋。原来我一个人居住在那里啊。我一边想着，一边缓缓爬上山谷。"直到刚才，我都没留意到小屋的灯光会照到下面的树林里。看呀……"我像是在对自己说，"看，那边也是，这边也是，散落在雪地上星星点点的微光，几乎笼罩了整个山谷，都是来自我居住的那间小屋……"

好不容易爬着坡路回到小屋，径直来到阳台，想再看看小屋的灯光到底将山谷照亮到何种程度。可是，一看便知道，室内的灯只不过把微弱的光投射在小屋周围而已。如此微弱的光线距离小屋越远就变得越幽暗，最终与山谷里的雪光融为一体。

"怎么会呢？看起来那么明亮的光，在这里却是如此微不足道啊。"我扫兴地自言自语，但还是呆呆地凝视着灯影，一种想法乍然浮现脑际："这灯影不正和我的人生如出一辙吗？我一直以为自己人生周边的光亮只有这些，但实际上跟我小屋的光亮一样，比我想象的要多。它们就这样不动声色地照亮了我的人生……"

这种想法让我久久地伫立在映着雪光、冷得刺骨的阳台上。

12月30日。

一个多么宁静的夜晚。今夜，这样的想法又一次次浮现在我的脑际。

"我既没有比一般人幸福，也没有比一般人不幸。那些幸福什么的，曾让我们焦虑不安，然而，如果现在想忘记的话，我就能忘得一干二净。也许我现在反而更接近幸福的状态。唉，总的说来，最近我的心情接近于幸福，只是少了以往幸福中的那份悲伤而已——话虽如此，也未尝不是快乐……我之所以能像这样怡然自得地活着，也许就是我尽量不与世人打交道，我行我素地一个人生活的缘故吧。然而，懦弱的我之所以能够做到这些，真的都是托你的福。尽管如此，节子，我一次也没想过自己是为了你才如此孤独地活着。我只能认为那是为了自己一个人而为所欲为。或许这一切都是为了你去做的，其实更是为了我自己。连我自己都觉得，我已经习惯了你对我的爱，你是那样别无所求，全心全意地爱着我……"

我继续思考着，像顿然想起了什么似的起身走到小屋外,与往常一样站在阳台上,远远地听到风不停地在眼前的山谷背面呼呼作响。我站在阳台上一动不动,仿佛特意出来倾听那遥远的风声。横亘在我前方山谷里的一切,最初看得出是在雪光中微微泛光的一团团混沌,可是,无意中看了一会儿之后,不知是眼睛渐渐习惯了,还是在不知不觉间记忆自身填补了空白,一个个线条和形状渐渐浮现出来。这里的一切让我觉得自己与它们是如此亲近,这被人们称作"幸福谷"的——是啊,只要住惯了,我大概也会与这里的村民们一样这样称呼它。虽然风在山谷背面呼啸不止,但我觉得只有此时才拥有真正的宁静。不一会儿,从我的小屋后面不时传来吱呀吱呀的声响,那大概是枯树的枝丫因远方吹来的风相互触碰而发出的吧。或者是风的余音在我的脚边,使两三片落叶移到别的落叶上,发出沙沙的微弱声响……

关于《安魂曲》

堀辰雄

刘沐旸 译

据说,海涅的《罗曼采罗》是他在与疾病搏斗数月中一气呵成,把它从头开始整理成一卷出版的。这种悲怆的诗篇与其拆成一首首分别阅读,不如作为一整卷来阅读,这样带给我们读者的感动会更加强烈。此外,魏尔伦的《明智》、里尔克的《祈祷书》也好,科克托的《单声圣歌》也罢,这种组诗体的诗歌才算得上至高无上的作品。我希望年轻诗人们也尝试写一写这种组诗体,即使凑不成一整本,至少写出十首左右也可以。如果说现代诗人的复杂心境难以全部塞进十几行的诗歌中,那么每首都有些不足之处也无妨,靠数首诗彼此相得益彰,方能完整叙述一段心情——既然这是组诗体诗歌的特征,那么我还是希望有野心的诗人比起尝试写小说,还是常常挑战一下这种体裁为好。就像大海越深就显得愈加幽蓝,希望这类诗也是如此,越是有数量上的积累,所表现的情志就越令人悚然。

※ ※ ※

我还希望，有野心的诗人能偶尔挑战长诗创作。在《四季》上刊登的话，诗的长短大多恰好两页。几乎每期都是如此。虽说整齐划一，但也不免太过循规蹈矩。有时我也想阅读这样的诗：无论翻过多少页，诗情都还在继续——越往下读，读者的心越为之悲痛欲裂，或是越随之镇静无波。在现代能写出这样大作的可能性越来越小——我想无论是谁都发出过这种感慨吧。正因如此，我才更期待有野心的诗人们能完成这一奇迹。

昨晚，在这山中小屋，我从包里掏出一本里尔克《安魂曲》的英译本，读了其中名为《致一位女友》的一篇。这是一首长达二百七十行的长诗。今年春天，我靠查阅辞典读完原文，以我随心所欲的读法，光是读完就花了两三天。即便如此，仍有一半以上未能读懂——虽说现在读着相对容易的英译版本，但仍还有许多似是而非之处。不过，从散落四处的那些读通的诗句中，散发出无法言喻的清洌光线，它们甚至照亮了依旧一片黑暗的前言后语，带给我一瞬间的豁然开朗，尽管仍有难以领会的地方，也不失为一大快事。

✤　　✤　　✤

"在里尔克于沃尔普斯韦德画家村居住期间写下的日记中，所提到的不只有之后成为他妻子的女雕刻家克拉拉·韦斯特霍夫，还有不少暗示'金发闺秀画家'保拉·贝克尔的内容。无须怀疑，他对后者也抱有深厚的情感。里尔克与两位少女一道，或交谈，或欣赏音乐，或朗读自己的诗歌，三人共度的每个夜晚在他笔下都如此精彩绝伦。《图像集》中的《少女之歌》便写于某个夜晚之后。保拉·贝克尔与画家奥托·莫德松婚后不久，便在月子中离世。"里尔克《安魂曲》中最庄严的一篇，正是他为早逝的"一位女友"的哭悼，英译者J.B.莱斯曼如是说。

在诗人精妙的神来之笔下，开头，年纪轻轻便弃世而去的逝者回到生者身边，仿佛在搜寻什么遗忘的东西，胆怯怯地独自徘徊。她寻找的到底是什么呢？

  告诉我，我应该踏上旅途吗？
  你在某处，遗落了某样东西，
  你是说它试图靠近你，并因此而痛苦吗？
  你五官的一半虽然像你，
  我应当踏上旅途，去往你未去过的乡下吗？

在乡下，我应当让园丁背诵许多花的名字，用那些美丽名字的碎片贮存并带回许多花的芳香吗？或是我应当买回一些水果，那地方甚至那片蓝天都存在于其中？

  要问为何，那是因为你熟知成熟的水果为何物。
  你把它们放在自己身前的盘子中，
  然后用色彩称出它们的分量，
  于是无论女人们，还是孩子们，在你眼中都仿佛是水果，
  两者都从内部被按进这种生态当中。
  然后终于，你把自己也看作水果，

你把自己从衣物中拉出,搬到镜子前,

把她托付给你本真的凝视,

于是那已经不是在说"那是我",而是在说"这是我"。

就像这样,你的凝视已不再好奇。

身无一物,真正贫困潦倒,甚至对你自身都毫无欲望,

你变得如此神圣……

像这样——就如同你在镜子深处,把你自己放置在远离所有人的位置那样,我想要维护你的存在。尽管如此,为何你表现出否定?为何你要唤回你自己?——这样的她,难道是想继续完成被死亡中断的工作?她彬彬有礼,不在意名声,只是正在努力使自己心中强大自由的灵魂变得成熟的时候,从外部突然出现了另一个劳役——"成为母亲"。她突然意识到,自己内心至今为止培育的东西恰是死亡,紧接着,她不在意自己全部的血液都在对此进行本能的反抗,而是平静地接受了这一切。像这样,使她成为母亲然后死去的,是拥有她,并以为能支配她的,她的丈夫吗?不,倒不

如说是他体内的男性。然而,又有哪个男人享有拥有自己所爱的权利呢?连自我都无法维持,就像孩子玩球那样,偶尔走运抓住了自己,又把它扔掉,这样的人如何能拥有他的爱人呢?

——全篇都洋溢着这份悲切,既有沉重的恸哭,又有庄严的矜持。从"一位女友"这一年轻纯洁的牺牲者的例子展开,人生与伟大的事业当中有着多么悠久的强烈敌意,这一永远的法则被诗人提取出来,并加以高扬。

诗人最后这样结尾:

不要回来。如果你能忍受,就和死者一同
逝去吧。死者有许多工作。
但,请帮助我,在你不会被它分心的范畴内,
就像远方之物屡屡帮助我那样,在我的身体里。

——《文艺恳谈会》第一卷第十二号、1936年12月号

堀辰雄年谱

田原 编译

1904 年

12 月 28 日生于东京千代田区麹町平河町。父亲堀浜之助为广岛藩士族,在法院工作;母亲西村志气为商家之女。

1905 年　1 岁

9 月 5 日,日俄战争结束。年末奶奶去世。辰雄出生前后,父母的情感不知因何出现裂痕而劳燕分飞,限于现有资料,具体原因不得而知。

1906 年　2 岁

说话较晚,开始牙牙学语。母亲委托自己的妹妹将辰雄带出堀家,父亲找到母子俩后,辰雄未能被带回。

1907年　3岁

开始与母亲、外祖母三人一起生活。

1908年　4岁

母亲与上条松吉同居。其间，父亲浜之助经常派人来想要把辰雄接回堀家，母亲未答应。

1909年　5岁

幼年时期的辰雄，虽然家庭情况复杂，却在周围大人们的关爱下健康成长。

1910年　6岁

54岁的父亲浜之助去世。辰雄在东京都内的家遭受洪水灾害。

1911年　7岁

进入牛岛小学（现在的小梅小学），因胆怯孤单，母亲常常陪伴上下学。成绩优秀，受到老师们的喜爱。

1914年　10岁

母亲与上条松吉领取结婚证。父亲浜之助的抚恤金"孤儿扶助费"一直支付到辰雄成年（年额约90日元，后增加到145日元）。母亲把这些钱作为辰雄的学费存了起来。

1915年　11岁

常常被行人误认为是出演过什么美少年角色的演员。

1917年　13岁

小学毕业。进入东京府立中学。擅长数学。

1918年　14岁

第一次世界大战结束。

1921年　17岁

因成绩优秀，提前一年初中毕业（本来是五年制）。进入第一高中攻读理科乙类（德语），同期生有小林秀雄、深田久弥、神西清、笠原健治郎等人。住进宿舍，"在宿舍里被当作小孩对待，引起了骚动"。这一时期的体验后写成《燃烧的面颊》。8月,堀辰雄在千叶县竹冈村与内海弘藏一家共度暑假,对弘藏的女儿内海妙抱有淡淡的恋慕之心。这段经历后写成《麦秸帽子》。10月,在神西清的个人杂志发表《清冷寂寞》。

1923年　19岁

5月,在宿舍集中阅读萩原朔太郎的诗集《青猫》等。被校长广濑雄带去拜访住在东京田端的诗人兼作家室生犀星。7月,在《橄榄森林》发表《法国人偶》。暑假特意去拜访在轻井泽度假的室生犀星。9月1日,关东大地震发生,避难中与母亲失散。与养父上条松吉在隅田川畔走了三天三夜寻找母亲,逐一确认从河里打捞上来的遗体的长相和服装,终于找到刚满50岁的母亲的遗体。10月,经室生犀星介绍,与芥川龙之介认识。这一年因查出结核性胸膜炎休学。

1925年　21岁

3月,第一高中毕业。4月考入东京大学文学部。拜访搬到田端的萩原朔太郎,在室生犀星家跟中野重治等人相识。9月,在《山茧》杂志发表《甘栗》。

1926年　22岁

4月，由辰雄命名的同人杂志《驴马》创刊。成员有西泽隆二、中野重治、堀辰雄、窪川鹤次郎等。之后其他成员成立全日本无产者艺术联盟，堀辰雄未加入这场在当时颇为盛行的无产阶级文学运动。

1927年　23岁

7月初，在芥川龙之介家与诗人竹中郁相识。7月24日，35岁的芥川龙之介自杀。9月，协助编辑《芥川龙之介全集》。12月末，罹患胸膜炎，休学到翌年4月。

1928年　24岁

抱病写完毕业论文《芥川龙之介论》。据称是第一篇写芥川龙之介的本科生毕业论文。因病情加重休学。

1929年　25岁

3月，东京大学毕业。去伊豆静养。与井伏鳟二、伊藤整相识。在《文艺春秋》发表《笨拙的天使》。

1930年　26岁

处女作品集《笨拙的天使》出版。写完《神圣家族》后咯血。

1931年　27岁

川端康成、横光利一来探望在家疗养的辰雄。4月初，入住信州富士见高原疗养院。6月末出院。在《读卖新闻》连载《本所》。12月，在《改造》发表《恢复期》。

1932年　28岁

《神圣家族》限定500本出版。先后在《文艺春秋》《新潮》《日本国民》发表《燃烧的面颊》《椎树》《麦秸帽子》等。

1933年　29岁

暗恋的，也是《麦秸帽子》的主人公内海妙死去，享年26岁。在轻井泽与诗人三好达治、矢野绫子认识。先后在《新潮》、大阪《朝日新闻》《改造》《文艺春秋》等报刊发表作品。

1934年　30岁

与三好达治、丸山薰共同创刊《四季》杂志，负责编辑创刊号。9月，与矢野绫子订婚。在《行动》《周刊朝日》《新潮》《文艺春秋》等杂志发表作品。

1935年　31岁

7月，与矢野绫子一起住进富士见高原疗养院。菊池宽、立原道造、中野重治、三好达治、川端康成等来医院探望。12月6日，24岁的矢野绫子死去。

1936年　32岁

12月，在《改造》12月号杂志发表《起风了》中的《序曲》和《起风了》。小说中主人公节子的原型就是矢野绫子。在《文艺恳谈会》发表《更级日记》和《山中杂记》。另有作品在《新潮》《改造》等杂志发表。

1937年　33岁

开始研究《伊势物语》。出版短篇小说集和《野鸡日记》等。在《文艺春秋》1月号发表《起风了》中的《冬》。在轻井泽川端康成的别墅写完《起风了》的最后一章《死荫山谷》。8月，与加藤多惠相识。在《文艺恳谈会》《新潮》《改造》等杂志发表作品。

1938年　34岁

2月，住进额田医院。在3月号《新潮》杂志发表《死荫山谷》，从此完成中篇小说《起风了》。4月，野田书房出版《起风了》。与加藤多惠结婚（婚后改名堀多惠子）。先后在杂志《新潮》《紫》发表《死荫山谷》《幼年时代》。养父上条松吉死去。

1939年　35岁

先后在《新女绿》《文艺春秋》《文艺》等杂志发表作品。5月，去奈良旅行。25岁的诗人立原道造因罹患肺结核死去。

1940年　36岁

10月，《堀辰雄诗集》出版。与小林秀雄、三好达治、岸田国士在岸田家对谈。在《文艺》《文艺春秋》《知性》《文学界》《妇人公论》等杂志发表作品。

1941年　37岁

在《改造》发表《旷野》。去关西旅行。与三岛由纪夫频繁通信。在轻井泽花3500日元（在当时算是高价）购买别墅，其中450日元借自川端康成，1年后还清欠款。与中村真一郎、加藤周一、福永武彦等频繁交流。出版《晚夏》等。在《文艺春秋》《中央公论》《文学界》等杂志发表作品。

1942年　38岁

3月，《菜穗子》获得第一届中央公论文艺奖。《故乡人》脱稿。在《文学界》发表《拿着花的少女》。5月11日，56岁的诗人萩原朔太郎死去。

1943年　39岁

在德田秋声的葬礼上初次见到太宰治。在《新潮》《妇人公论》发表作品。

1944年　40岁

与远藤周作相识。加藤周一来访。在《文艺》发表《树下》。《四季》停刊。

1945年　41岁

东京遭受大空袭。芥川龙之介的家全被烧毁。

1946年　42岁

《雪上的足迹》在《新潮》杂志发表。11月病情加重，卧床不起。季刊《高原》创刊。

1947年　43岁

1月，腹部常常剧痛。3月，只能坐在床上用餐，腹痛剧痛持续。小林秀雄来探望。病情恶化。

1948年　44岁

病情略有好转，继续静养。一日只进一餐，吃饭时勉强能站起来一会儿。39岁的太宰治自杀。

1949 年　45 岁

健康无法恢复，不能写作。出版《牧歌》等。

1950 年　46 岁

新春来临，早晚咯痰加剧，白天只能仰卧读一会儿书。很多人从附近或远方送来或寄来花束，枕边常常因鲜花不断而热闹非凡。11月，《堀辰雄作品集》获得第四届每日出版文化奖。

1951 年　47 岁

头晕耳鸣，视力急剧衰退。《菜穗子》被松竹电影公司拍成电影上演，成为当年新闻界的热议话题。

1952 年　48 岁

不断收到想看的外文书籍，由于病情恶化，一直处于无法阅读的状态。晚上常常听收音机。

治疗肺结核的新药上市，开始使用药物。

1953 年　49 岁

咯血持续加剧。5月26日，病情急剧恶化。窗外常常伴随雷鸣和强风。27日，大量咯血。晚上11点服用安眠药就寝。28日凌晨1点40分，在夫人的看护下因结核性胸膜炎在轻井泽长眠。6月3日，在东京芝公园增上寺举行告别仪式，川端康成为治丧委员会主席。8月，新潮社出版7卷《堀辰雄全集》。堀辰雄去世后，在香港、广东度过少女时代的妻子堀多惠子，一直孤身守护着堀辰雄位于轻井泽的家（后成为堀辰雄文学纪念馆），创作了大量回忆堀辰雄的文章。2010年4月16日，堀多惠子在与辰雄一起生活过十多年的轻井泽与世长辞，享年96岁。

© 中南博集天卷文化传媒有限公司。本书版权受法律保护。未经权利人许可，任何人不得以任何方式使用本书包括正文、插图、封面、版式等任何部分内容，违者将受到法律制裁。

图书在版编目（CIP）数据

起风了 /（日）堀辰雄著；田原译 . -- 长沙：湖南文艺出版社 , 2025.4. --ISBN 978-7-5726-2249-6

Ⅰ. I313.45

中国国家版本馆 CIP 数据核字第 2025RZ1403 号

上架建议：畅销·日本文学

QIFENGLE
起风了

著　　者：[日]堀辰雄
译　　者：田　原
出 版 人：陈新文
责任编辑：张子霏
出 品 方：好读文化
出 品 人：姚常伟
监　　制：毛闽峰
策划编辑：姜晴川
特约策划：张若琳
文案编辑：云　爽
营销编辑：刘　珣　大　焦
封面设计：陈绮清
版式设计：鸣阅空间
出　　版：湖南文艺出版社
　　　　　（长沙市雨花区东二环一段 508 号　邮编：410014）
网　　址：www.hnwy.net
印　　刷：北京美图印务有限公司
经　　销：新华书店
开　　本：875 mm × 1230 mm　1/32
字　　数：77 千字
印　　张：4.75
版　　次：2025 年 4 月第 1 版
印　　次：2025 年 4 月第 1 次印刷
书　　号：ISBN 978-7-5726-2249-6
定　　价：45.00 元

若有质量问题，请致电质量监督电话：010-59096394
团购电话：010-59320018